大风向野

练明乔——著

中信出版集团 | 北京

图书在版编目（CIP）数据

大风向野 / 练明乔著 . -- 北京 : 中信出版社，
2019.5
ISBN 978-7-5086-9824-3

Ⅰ . ①大… Ⅱ . ①练… Ⅲ . ①长篇小说 - 中国 - 当代
Ⅳ . ① I247.5

中国版本图书馆 CIP 数据核字（2018）第 268741 号

大风向野

著　　者：练明乔
出版发行：中信出版集团股份有限公司
（北京市朝阳区惠新东街甲 4 号富盛大厦 2 座　邮编　100029）
承 印 者：北京诚信伟业印刷有限公司

开　　本：880mm×1230mm　1/32　　印　　张：8.75　　字　　数：180 千字
版　　次：2019 年 5 月第 1 版　　印　　次：2019 年 5 月第 1 次印刷
广告经营许可证：京朝工商广字第 8087 号
书　　号：ISBN 978-7-5086-9824-3
定　　价：49.80 元

致

孤独不死的灵魂

推开世界大门的少年

柏林西郊

行驶中的摩托车，像是公路上切断了根的浮木，任何外力带来的改变，都是致命的。

10 月 29 号，前行的第 150 天。

从昨天晚上开始，德国北部就起风了，风声隆隆，响了整整一夜，到现在也没半点要停的意思。

公路边，蓝色的路牌右侧写着“里兹湖，右转”，左侧写着“科隆，直行，500 公里”。

从北京到科隆，走航空不过 10000 公里。但现在，我走了 24000 公里，整整 150 天后，离科隆还有 500 公里。原来距离不是代表远近的数字，而是环境的变化中，人们做出的选择。

对骑摩托车前行的我来说，500 公里不过就是一天的行程，但完成它的前提是——天气允许。

天气变化是影响前行速度的重要因素。雪天太冷，雨天太滑，还有像今天这样的大风，对驾驶摩托车来讲，都是不可挑战的危机。

人在步行或乘坐汽车时，像根深叶茂的树，当然不怕风的侵袭，但行驶中的摩托车，却是公路上切断了根的浮木，行驶速度越快，它与土地的接触面积就越小，受地心力的牵引也越细微，此时任何外力带来的改变，都是致命的。

“鬼风！”我抱怨了两句后，才开始收整行囊。

150天公路生活的初期，我还有发现者的欣喜，看什么都是新鲜的，遇见谁都乐于聊一聊，但现在，我倦怠了。

我每天几乎只做四件事：加油、吃饭、睡觉、朝科隆前行。

不愿意和人接触，更不怎么说话，气息沉闷，五脏六腑都像蒙上了一层灰。

而我从欣喜的旅行者变成沉闷蒙灰的年轻人，都是因为那个叫庞磊森的人，他离开了。

就是那个突然出现在新疆北部的疯胖子，在他出现之前，我驾驶着一辆排量250毫升的摩托车，享受从沙漠来到高山，从城市来到原野的新奇，在广阔的世界里自在着，快乐着。

“疯子！一无是处！”我在心里大骂。

只要我的脑子里冒出“庞磊森”这个名字，我就会在心里用最恶狠狠的语气大骂。好像只有最凶恶的语气，才能驱散一张试图在我脑海中重现，成为侵略者的面孔。

庞磊森，他当然不是会做出肮脏之事的恶人，但他却是无用之人，而人的无用，也是另一种意义上的恶。他的无用，不仅搅扰了我的快乐，还将我从一个年轻欢乐的旅行者，变成了沉闷又粗鲁、狼狈又可怜的人。

现在，他离开45天了。准确来说，他已经“滚蛋”45天了。我曾多么希望他能立马从我身边滚蛋啊。我甚至在心里，用冰冷的声音诅咒过他。我想，只要他离开，我才算扔掉了一个无用又沉闷的包袱，重新找回在广阔世界中，孑然一身穿行的快乐。

终于，在俄罗斯的鄂木斯克城，他离开了。

可他的离开，却并没有像我渴盼的那样，让我快乐重返；相反，与他结识同行的记忆痕迹，成了另一种诅咒。

45 天了，这 45 天以来，我只住过五次旅馆，不是为了睡上一个好觉，而是为了洗澡。我带了很多电子设备，但它们被我收纳到行囊底部，偶尔翻找行李时瞥到它们，都能闻到一股沉闷无声的酸，像一场灾难之后的气息。还有我的帐篷，它也被压在了行李箱底部，很久都没有派上用场了。自从那个疯胖子庞磊森离开后，我就害怕睡在帐篷里。

虽说无论何地，也无论在什么样的天气条件下，一顶帐篷都能为我撑起一方不受风雨侵蚀的庇护所，可庞磊森离开后，这间移动的庇护所就成了隔绝。

车轮声，偶尔响起的脚步声，甚至围着帐篷边缘嗅上几圈的狗，任何的风吹草动都会让我绷紧神经。我害怕了。

可我没有多余的钱住旅馆，也不愿意去敲响公路边的房门，因为那意味着，从人们为我打开房门的那一刻起，我就得做出照顾他们善意和热情的姿态，发出很多我根本就不想生产出来的噪声。

可睡觉是天大的事，一个睡不好觉的人，目光是会变的，变得混沌不清，变得只看得到眼皮底下的事。

我多想重新睡一个好觉啊。终于，我遇见了一条叫卡马的河，就在那里，我睡上了一个好觉。

卡马河，俄罗斯中部，喀山城西郊，那是庞磊森离开的第8天，

那天我去迟了，卡马河的摆渡船已经开走了。我把摩托车停在码头，找了一张椅子坐下。我感到很冷，便裹紧了睡袋，往嘴里塞了一些干面包和花生米。很快，血液集中到胃，供血不足的脑子变得困倦，我想，那就睡一会儿吧，就一会儿。

睡着之前，我还记得卡马河的样子。河面不宽，河水很静，河岸两侧是树叶金黄的白桦。河道的风吹得白桦林层层涌动，哗哗作响，像叠进的浪，金黄色的浪，树叶纷纷飞落，像浪层里的金沙从天而降。

我睡着了，就在那张椅子上，在卡马河的自然伴奏里。等我醒来，已经是第二天了。

实际上，我并没有在第一时间意识到，我在一张长椅上睡了一整夜。但我记得，我睁开眼时，竟然听见了稀奇的声音，是我暴露在睡袋外的睫毛上霜花碎裂的声音。

接下来，我又看见了卡马河。

真是奇了，在我裹上睡袋，吃下一大块干面包、一小把花生米前，我所看到的卡马河，是水面平静的卡马河，是河岸两侧的白桦树像浪一样涌动，纷纷飞落的树叶像金沙一样飘的卡马河。可这一刻的卡马河，是水雾翻滚的卡马河，两侧的白桦树叶掉光了，只剩下光秃秃的树干。我掏出手机，这是我唯一还在运行的电子设备，屏幕上的日期显示着：2013年9月23日。我这才确定，只是过去了一夜。

我在一条河边，在一夜好觉的安眠中，见证了两个季节的分野变迁，这一夜突变的景象告诉生活在这里的人——俄罗斯的冬天，

在这一刻，开始了。

我还注意到椅子的一头放着几枚硬币。我拿起它们，径直装进衣兜，连蹭一蹭上面的霜气，都觉得是多余，更不会去关心好奇，是谁在卡马河边大发善心，施舍了我这个露宿在外的可怜人。不过，明显的是，就是在那一刻，我的恐惧被释放了。从那之后，我就再也不搭帐篷，不寻觅便宜的旅馆，更不用担心睡不好了。我开始了真正意义上的四海为家，我会睡在银行的房檐下，睡在松林边，沿着海岸公路前行，睡在沿途的灯塔里，或者废弃的哨所里，有时也会睡在停在路边的卡车车厢里……

或者像今天这样，睡在公路边，一张被绿色常青植物包裹起来的长椅上。

德国，柏林城以西大约 70 公里处。

就像卡马河边的那张椅子一样，这张在欧洲的隆冬来临前，让我容身一夜的椅子，也让即便暴露在风中，暴露在霜雾里的我，得到了安稳的睡眠。

我想起莫泊桑说：人的坚强和脆弱都难以想象。

对，谁能想到，我这个看起来风尘仆仆的摩托车骑行者，在器械的轰鸣中，沿着公路向西而行，像逐日的夸父般，在数万公里的路途中，与数百个日出日落交替为伍，这样一个年轻人，竟然是一个只能倚靠外在的“暴露”，才能睡个好觉的胆小鬼？

不过，享受这样的“暴露”，是要付出额外代价的。比如说，我变得狼狈肮脏、沉默不语、目光躲闪。我不想和人们交谈，特别是那些热情善意、满心好奇的人。他们每一次出现，都会像点燃的鞭炮，在一声还没落下时又响起下一声，喋喋不休地追问道：你从哪里来？要去哪里？出发多久了？途经什么地方？遇见了什么危险？

我曾经喜欢过这些问题，就在我刚刚离开北京的时候，这些问题让我感到骄傲，就像决定减肥的人，当他们拒绝第一口肉的时候，就会产生瘦身成功的荣耀，并为之欢庆。我也是这样，会把下巴稍稍扬起，不能太明显，不然就会变成傻里傻气的耀武扬威。

“我是6月1日从北京出发的，要去伊斯坦布尔，就是土耳其，但我要先去一趟科隆，在德国西部。”我这么告诉人们。

现在，骄傲消失了，像是按下了静音键，我在厚重的衣服和斑驳的头盔里躲了起来，只有在夜晚入睡的时候，才会把自己暴露在外。我现在的想法是，我要在欧洲的凛冬真正到来前，赶到科隆城，完成和男孩陆远的约定。

我又看了看公路边的路牌。

“科隆，左转，500公里。”蓝色的指示牌上写着白色大字，这是最后的西行了。

现在是早上8点，要是不停歇地前行，今天我就能到达科隆，见到陆远。我是说，在不出意外的前提下。

公路上的意外，不单单是指灾祸，也包括引起热情善意的陌生人的好奇。

现在，马路对面，一辆蓝色轿车停了下来。车窗还没有完全被摇开，半个头便挤了出来，是一位头发花白的中年男人，半长的头发立马被大风吹得挡住了脸。他拨开头发，费力地将目光送到我面前。

即便隔着一条公路的宽度，我仍然看得见他的目光中，闪着惊喜。要想区分人目光中的惊喜和好奇并不难，好奇的目光像侵略，惊喜的目光却带着与你为伍的荣耀和快乐。

“嘿！”男人大喊。

我朝他摆摆手，顺便笑了笑，既像回应他的招呼，又像在委婉地让他离开。我希望他离开。

但他已经关上了车门，朝我跑来了。他穿着橘色的冲锋衣，个子很高，却很消瘦，跑起来时，两条腿像筷子。

他的身后还跟着一位亚裔女士，黑色的头发，娇小的个子。

不出意外，他们会先问我从哪里来、要去哪里、途经什么地方。

即便我已经厌倦这些问题了，但中国人是讲礼数的，而不让人从你做出的回应中读到，你是一个冷漠、难以接近，甚至令人讨厌的人，这就是我们学会的礼数。

“北京来的，去伊斯坦布尔。”为了让自己的声音更符合友善的标准，我在说话前，吞下了一大口口水。

话音刚落，男人便睁大了眼睛。

“你是说你一个人吗？”他的表情是惊讶的，但他的声音，却有着掩饰不住的惊喜。

我开始打量面前这身高差距巨大的二人。

女人是中国人，说话带着南方口音，脸只有我的手掌大，鼻梁却很高，还架着一副无框眼镜。

我小的时候，在大河山岭生活。大河山岭没有人戴眼镜，但不乏对“戴眼镜的人”的崇拜，他们叫戴眼镜的人“文化人”，就是和大多数人不一样的意思。

“对。”我说。“我自己。”我补充道。

以往人们这么追问的时候，我会满嘴瞎话，说我的同伴、丈夫，或者父亲就行驶在后面。但今天，我不想再胡编乱造了。把复杂的话说简单，跟他们保持礼貌，然后道别，继续向西行驶，去500公里外的科隆城。

“那可不行！”

听我这么说，男人提高了音量，突然就严肃起来。

他朝摩托车走去：“你看，边箱架快断了……还有碟刹片，我打赌你就没有换过……”他围着摩托车打转，不停数着摩托车的问题。

我频频点头，心里却不以为意。

摩托车和人一样，在时间的审视中，没有绝对坚毅、不可摧毁的组成。现在，它的后视镜左右摇摆，离合器要在特定力度下才能启动，而那一点点往外渗的机油，是我用蛮力拧坏发动机底部螺丝导致的。但这些毛病，都被我归为“不具暴露性危机”。也就是说，只要摩托车还在继续行驶，我就懒得在乎它出现了什么看不见的小毛病。就像生活，若是没有太大的差池，也就懒得拆穿，将错就错了。

“不不不，你不能忽视这些机器的毛病。”见我对他的警告并不在意，男人几近呵斥地说道。

“我和摩托车打交道很多年了，这些日积月累的小毛病，总有一天会在悄无声息中质变，成为无法修补的核心问题。”他又说。

“你说什么？”我听清楚了，但不确定是否真的听懂了，又问道。

“来来来。”男人招呼着女人，拉着她的衣角，“你来告诉她。”

女人告诉我，早一些的时候，他们路过这里，看到一辆来自中国的摩托车停在路边，我还在睡，也就没有打扰。不过，男人已经发现了摩托车有一些毛病，赶着办完事回来，就是想告诉我：我的摩托车，有问题了，需要整修。

女人说完，男人就着她落下的声音，又说了一些，大多是关于摩托车的小毛病会如何质变，成为麻烦，我不太关心。为了让我更重视他所说的，男人还告诉我，自己是一名汽车修理师，也是一位摩托车爱好者，甚至拍着胸脯向我保证，他，以及他的中国妻子都是值得我信赖，并可以为我解决麻烦的好心人。

麻烦？我当然不会怀疑二人的热情和善意，可我不觉得自己有什么麻烦。

“离科隆只有最后的500公里了。”我对自己说道。

虽然，一开始我把伊斯坦布尔当作目的地，但现在，除了完成和男孩陆远的科隆之约外，我哪里都不想去，也不在意有什么麻烦。

“听他的吧，他这个人……”

是女人的声音，她耸耸肩，用食指在太阳穴处敲了敲，用中文说道。

我突然感到轻松，甚至在心里发笑。很明显，男人不懂中文，更不懂这两个中国女人言语和动作里的那份戏弄。显然，我很久没有在一位陌生人面前感到放松了，但我对男人所说的仍然无动于衷。我真的不关心那些没有在根本上影响摩托车前行的毛病。我再次打量着眼前的女人，这个戴着眼镜的中国女人。她穿着一件尺码巨大的红色冲锋衣，衣摆盖住了半截腿，让她看上去更矮，也更亲切。我的意思是，这个出现在我面前的小个子中国女人，像个偷穿大人衣服的孩子，带着一股神秘的、滑稽的纯真。

“跟我们回去吧。”女人又说道。

回去？回哪里？除了科隆外，我哪里都不想去。

可这只是我心里的想法。

“好。”我说。我答应了下来。说完，就为自己总是陷入表里不一的矛盾，感到沮丧。

要说麻烦，我自己的麻烦，比那辆摩托车多多了。口是心非就是我在这150天的旅途中，被揭露的毛病之一。特别是在与人交往时，这毛病会被放大。总是在心里几经建设，一张开口，就成了截然不同的另一个声音。而我对待这毛病的态度，就像我对待摩托车的毛病一样——视而不见。

就好像没有办法去猜想，摩托车缺损的螺丝是在哪一刻悄悄松落了一样，我也没办法知道，这样的毛病是什么时候进入我身体，成为我的一部分的。总之，我的确有着一种被绑者的苦闷和难堪，因为，我正是自己的绑票者。

上午10点，柏林西郊，我跟着夫妇二人去了他们的修车厂。

一楼的墙面上，挂满了沾满油污的工具，整整齐齐的，像久经征战训练有素的卫兵。待作业的机床威严冰冷，仿佛一位从机械肚膛中发号施令的将领。而那几辆等待修理的汽车，则像医院里的病人，决定它们停放位置的不是身份和型号，而是各自的毛病。

陌生的环境让我感到拘束，我半靠在一辆等待喷漆的银色汽车旁，试着轻声哼唱，因为我要看起来很随意才行。

“要我说你这个人啊，不是个浑蛋，就是个胆小鬼。”女人半倚着二楼楼梯扶手，笑着说道。她的声音很大，机床冰冷的机械肚膛里响起不小的回声。

浑蛋？我抬起头来笑笑。如果是我，会对刚来我家的陌生人说，你饿了吗？要喝热水吗？不然坐下来休息一下吧？用“标准的礼数”来限定自己：路要这么走，话要这么说，人要这么做，等等，这些都是世间多数人从不逾越的标尺。而像女人这么敞亮表达自己的人，才是不多见的极少数。

我把摩托车交给男人，跟在女人身后，向二楼走去，没有多说。

二楼是夫妇二人生活的地方，门刚打开，我就闻见了桂花的香味、煮熟的土豆留下来的味道，还有洗衣液弥漫不散的味道。屋子正面有一大扇落地窗，窗外还刮着大风，天上的云被吹得像海里的鱼，在空气中游动，落下来的光也在云层游动的节奏中变化万千，有时候是光束，像地皮上的裂缝，有时候天像被揭开了一个窟窿，形成了一扇巨大的天窗。

我想起北京了。

五环边，立交桥旁，一小片长势很好的白桦林中，有一间墙面是黑色的大屋，屋内涂着纯白色的涂料，300 平方米，层高有 7 米。我曾以摄影师的身份，在那里免费住了一年半。哦不，如果算上这 150 天的行程，我搬到那里的时间，就快两年了。

那时，我是不用奔波努力，也不会被风雨搅扰梦境的幸运者。每个月，我只用工作两天，拍几张照片便能获得不错的酬劳，足够让一个年轻人过上一身无责、闲散自由的生活。

每天，我蹉跎到清晨才入睡，天快要黑了的时候才醒过来，脱离了时间轨道的同时，也脱离了年轻人生存的轨道——我的同龄人，他们努力、奋进，以此换得步入骄傲未来的权利，哪怕他们时常会感到沮丧、灰心，却也不会丧失真正的勇气。而我住在一间大房子里，却像一场海难中，抢着挤进了救生艇的无用之人。我望着沉船上的人竭尽所能求生的面孔，感到羞愧——在生存的磨难中，我这个率先放弃了去奋勇争取的胆小鬼，竟然抢占了生存的安全区。

无用的愧疚，让我窒息。

我也不是没有想过勇敢一点，把这艘带着逃亡者耻辱的小船往回划，回到那场求生之战中，可那意味着，我必须率先接受自己的软弱和耻辱，那太难了。

我必须，“朝相反的方向走”。

我吃了一口土豆丝，又把女人夹给我的鱼肉塞进嘴里。

10 月 29 日，下午 1 点，柏林西郊。现在我离开那间大屋子 20000 多公里，150 天了。我时不时会想：如果我没有在 6 月 1 日那天离开，来到这条公路上的话，现在我还会在那间屋里睡觉，睡到人们都下班时才醒过来。也许我会去吃点东西，或者在电脑前坐下来，或者，什么都不做。

餐桌上，男人开始滔滔不绝地和我聊他曾以每小时 300 千米的速度驾驶着摩托车，行驶在德国的高速公路上。他说这些时，脸上带着骄傲，像逆转了时间，重返年富力强的少年。不过，在热切的诉说停下来后，他的悲伤便掩盖不住了。

“那是很多年前的事了。”他笑了笑，头低了下来。

“不要太在意时间，毕竟，决定一个人年纪的不是时间。”我说。就好像，决定距离的不是数字的远近，而是变化和选择。

听我这么说，男人突然抬起头来，再一次，他的神色里充满了惊喜。像在荒漠中看到小树，在死寂的荒原中看到生命符号。

他点点头，很用力。

“说真的，我太羡慕你能在年轻的时候远行了。我喜欢摩托车，因为我只要跑上200迈，就有一种……”他顿了顿，凑近我一些，“像是冲破了时间的恒定，得到了掌控时间的超能力。”

超能力？我在心里笑。“不，你是在开飞机，只不过飞在地面，也不能离开地面。”我说。

他靠着椅背，哈哈大笑。

“你呢？”他问。

我？是指驾驶摩托车的速度吗？

“对。”

我低下头来。

以往有人问我为什么要骑摩托车远行时，我会告诉他们，摩托车能让我在一点点前行中，看到更多的自然变化和风土人情。漫长的路，能够带给我很多的知识和见解。而当他们问我这辆摩托车能骑多快时，我会告诉他们，不要去追求速度，因为速度会让我们错失风景。

我是一个在一场生活的争战中，率先抢占了安全区的无用者。我没有重返战场的勇气，还朝着相反的方向逃窜。沿途我遇见了很多人，他们都以为我是勇闯陌路的强者。人们艳羡的目光和不吝惜的赞耀，让我如获通往新世界的至宝，而我要做的，就是顺应他们的声音，让自己更符合这个新世界的标准。

我放下餐具，又沉默了一会儿后，才告诉男人，我虽然驾驶摩托车远行，但摩托车前行的速度和冒险，都不是我的乐趣，我也会开到140迈，达到这辆排量250毫升的摩托车的极限，但那是因为我要赶路，我要赶在冬天之前到达科隆，找到陆远，完成我们之间的约定。在陆远心里，我是一个守诺坚韧的人，而他也喜欢我这些。

由此，摩托车被我称为“匹配的同伴”。就长路远行来说，它自具动能，不像骑自行车和徒步那样艰苦，能携带我所需，更不需要我花心思去照料它什么。简单，便捷，可靠，又没什么耗费，是我这一类钱不多，但又想要远行的人最好的选择。不过，把它当作同伴是需要付出代价的。例如，我得承受骑行时比气温低10℃甚至更多的寒冷，以及事故发生时，几乎不可逆转的风险。所以，我前行的速度取决于需要和环境，而不是快感和享乐。

我把这些都告诉了男人。我以为他会用嘲笑奚落我年轻理智的冰冷，没想到，他认同了我。

他说，我们对待摩托车不同的态度，就像人们对待恋爱或婚姻的不同态度。有人追寻它的刺激，有人选择让它做伴，也有人把它看作一场匹配的交易。他在说“交易”一词时，还特意向我做出抱歉的手势。

“我不是指你。”他匆忙解释后接着说，“还有人，他们好像知道自己要什么，又好像并不知道，他们的选择好像出于某种目的，又好像是莫名其妙，或者自然而然。但无论人们选择了什么，风险都难以避免。”

“冒昧问一句，你是做什么工作的呢？”见我低着头，既不说话，也不吃东西，男人换了一个话题，“如果涉及你的隐私，可以不用告诉我。”他又补充道。

工作？

“对，我也想远行，可我们没钱，但你看起来没有这样的烦恼。也许你家庭富有，这也说得通，毕竟，今天的中国已经不一样了。”他说着，望着一旁的女人，但女人没有理睬她。

“你问了一个好问题，但又做了一个愚蠢的猜测。你看不到吗？那是一辆中国产的摩托车，她穿着不合身的灰色滑雪棉服，她是个穷姑娘。如果她家庭富有，她会驾驶进口车，穿着拉力服。”女人奚落男人。

男人面露难堪。“你别介意，她没有恶意。”他解释道。

我摇摇头笑了。“她说的对。”我说，“我是摄影师。”但我也不太确定，这是答案，还是人在对谈时，必须做出的回应。

尤其是，在我以“退役拳击手”的虚构身份前行了近百天后，我发现比起躲在摄影器材背后，替付了钱的人塑造更迷人、更美妙，但并不完全属于她们的精致样子，我更喜欢“拳击手”这个带着强壮体魄的身份。就好像古时候的沙场，决定一个人身份的，是体能的博弈，是谁的腱子肉更扛得住拳头，谁的生命力更坚韧不倒。这让我感到更实在些。

听到这儿，女人突然起身，从餐桌后的书架上，取出一本相册来。她抬起手，示意我可以翻阅。

“你可真是让他羡慕啊，他也想做摄影师。”女人说着，指了指屋子另一头，那是一片没有开灯的区域，什么都看不见。

“就是那里，堆满了摄影器材，加上楼下的机床，就是我们所有值钱的东西。他拍了很多照片，但人们依然只认修车的他，而不是拍照片的他。”女人在我身边坐下来，“他也想像你这样云游四方，但他没有机会。”

云游四方？我？显然，女人对如今中国的年轻人已经不那么了解了。我可不是来云游四方的，我只是一个意识到自己的无用愧疚后，胆小又精明的年轻人。我来到这条公路上，不是为了冒险，而是为了逃窜。逃窜的路上，无论城市还是海洋，森林还是沙漠，我对它们真正的奇妙和伟大都漠不关心，但我喜欢与它们为伍。更准确地说，我喜欢与它们为伍时所产生的额外“荣誉”为伍。

是的，时代发展到今天，“去哪儿”早已和金钱、身份无关了，但千百年来，人们对自然探险和精神探索的仰望，从来没有变过。年轻人仍然可以在远行中，获得建立在社会、职业、家庭成就之外的荣誉。他们愿意称呼这些远离生存规则的人为“勇敢的冒险者”。只要你看起来符合探路者的标准，那么，人们的目光就会暂时属于你。

人的旺盛等同于另一种匮乏，这正是我当下的写照。

我看起来风风火火，骑着一辆摩托车远行数万公里，这表面的旺盛背后藏着的，是另一种意义上，不敢迎刃而上的怯弱和匮乏。体能的挑战对我这么一个外表符合“退役拳击手”标准的年轻人来说，不过就是把咬肌绷紧些，硬着头皮，死不认输。可要把头低下来，承认自己的匮乏和虚妄，却是比天还大的难事。

我拿起那本相册，一页又一页地翻着，没有说什么。

“我早就劝过他，与其把时间消耗在琢磨自己想拍什么，想说什么上，不如去听一听别人需要什么东西。这个世界上，只有一种人能得到自己想要的东西，那就是率先满足别人需求的人。”女人说。

“不是我功利，而是世界太公平。没有人会把机会让给无用者。”她又说，声音听起来依然是敞亮的，没有粉饰。

女人的声音，让我有些慌，慌到手都忍不住发抖，就好像，我面前坐着的，不是一个才认识了半天的陌生人，而是一位知晓一切的目击者。为了掩饰我的慌张，我继续慌慌忙忙地翻阅起那本相册。

欧洲各地的风光、小动物、形态各异的建筑，相册里的照片上大多都是这些。坦白讲，我的确不关心这些照片，倒不是说它们不好，而是因为，好看的建筑、猫狗、风光，对于我而言，都是无用。

“拍得挺好。”我说。

“呵，”女人在一旁笑道，“也许不错，可要让这个世界看到，你必须要学会一切才行。”

女人说完，抬起头来，望着我。

“你觉得呢？年轻人。”

我？“我说了也不算。”我在心里笑道，但同样，我什么都不想说。我继续翻阅那本相册，感到有些乏味。

直到我看到了一张人物照片后，神经才被点燃，停下重复翻阅的动作，把相册举起来，问道：

“这是你？”

照片里是一扇窗户，女人小小的身体只占了窗户的一小半，但她脸上的表情很凶，气鼓鼓的样子，有些滑稽。身后的玻璃上，写着一个巨大的中国字——“忍”，而她的手上，还拿着一把毛刷。

男人大笑起来，他猛地站起身跑开，用力拉开餐桌后的一扇房门。随着“哗”的一声，房门被打开来，新的光线射进了屋，餐桌变亮了。

窗外，天是深灰色的，还有些泛黄。大风萧瑟，能清楚地看见悬浮在空气中的树叶和灰。

看起来，这西欧平原是要下雪了。

而把这柏林郊外猖狂又凋零的临冬景象当作背景布的，正是刚才那张照片里，一个用红色油漆写在玻璃窗上的中文大字。

“忍”。

这个写在窗上的中文大字，像简洁有力的口号。寥寥几笔，就勾勒出生的荒诞和喜剧，还有那些无法避免的矛盾与麻烦。我对他人的矛盾和荒诞都没有兴趣，倒是那笔迹里的生疏，让我意犹未尽。不知道是女人离开中国太久，写字生疏了，还是她在书写自己的愤怒时，也有犹豫，便为自己的犹豫留下了余地。

可就像我对自然的伟大漠不关心，我对她的犹豫也没有太大的好奇，倒是这个出现在柏林西郊窗户上的红色大字，让我再次想起了那片山岭——大河山岭。

四川南部，千米大河缓缓东流，山岭四季常青，从未显露过寒冬的衰败和凋零。竹林成浪，大风吹起时，哗哗的响动像银河下凡，群星倾临。

大河山岭

生命在碧绿的世界中高歌，
以为高歌会长存。

> “奈何桥上少喝水，
> 来生不忘今生恩。”

可能每个时代的人，都有自己的逃亡之路吧。

我八十岁的奶奶，是一场时代逃亡的活化石。她不是大河山岭出生的人，今天也说不清楚自己来自哪里，但她清清楚楚地记得，她来到大河山岭是为了求得果腹的食物，为了活下去。

那场生命的逃亡发生民国，她的父亲将仅有的十担谷子换成了“关金票”，可没想到，一夜间，那关乎一家性命的“关金票”，就成了粘草帽的废纸。饥饿的灾难冲袭人间，求生的本能促使人们推开家门，踏上了时代的第一场逃亡之路——求食之路。

奶奶有九位兄弟姐妹，大哥带着弟妹奔走，踏上了这场时代的逃亡之路。男孩为人子，女孩为人媳，八岁的奶奶，正是以童养媳的身份，来到大河山岭的。

和大哥别离时，她记得自己跪下来，求哥哥不要把她留在这里。去哪里都可以，吃什么也没关系，她想跟家人在一起。

“日子好了，我再来看你。”大哥是这么说的。可后来日子好了，大哥也没有再出现过。如今，她八十岁了。在生命起头的时候，她在这里落了根，在时间的裂缝中生长、活着，见证过时代的裂变，也储存了太多的记忆。这些时间的记忆就像她的画廊，而和她一起生活的我，成了她记忆画廊的阅读者。

时至今日，随着她生命力量的衰弱，我渐渐地，从一位“记忆的阅读者”变成了一位“记忆的继承人”。

她的时代和故事虽然离我很远，但我一清二楚。我们一起，在大河山岭生活了十年，她会在睡觉前，将发生在她身上的故事，以及那个时代的故事向我一遍一遍地讲述。

饥饿、战争、贫穷、旧时的迷信，还有少有音信的兄弟姐妹……这些时隔久远的记忆画像，会在一个被泛黄的蚊帐圈起来的世界里，乘着芭蕉蒲扇的凉风，蔓延开，钻进我的脑海。

她告诉我，自己十九岁就做了母亲，一共生了八个孩子，不过只有四个孩子活了下来。

她不喜欢穿鞋。除了冬天外，无论是穿行石滩、沙地，还是翻越山岭，她都是光着脚的。这样一来，不足一米六的小个子却长了一双 41 码的大脚，脚底的老茧，硬得像水泥。

我感到好奇，问她为什么不穿鞋，她哈哈大笑，说起自己差一点就裹了小脚的事。她说，顺应着时代，她成了生命能接地气的幸运儿，当然要随便双脚生长了。

她可没有胡说，不仅是她的脚，就连她的一生，都像是一片荒蛮，突然天降甘霖，肆意疯长几十年，与“忍”字的荒谬和戏剧性，扯不上半点关系。

这并不是因为她一生智慧、平和、幸福，相反，战争、贫穷、饥荒、革命，这些时代的印痕是折磨过她大半生的。可即便如此，她的一生也从未因爱而忍，或因恨而忍。她爱我，但仍会扬起扁担追着我打，下手很重，就像在毒打仇人之子，而不是自己的孩子。她憎恶我的母亲，甚至害怕我的母亲，但这些都不代表她会就此低头。她会怎么做呢？她会用最脏的语言，最尖厉的声音和我母亲对骂，争不赢也不示弱的样子，有些荒谬，却是自然。

她的情绪体系中是没有“忍”的，只有舒服。而一个长期保持着自我情绪舒服的人，会把这样的舒服写在脸上，让它长成骨肉的一分子。即便在生命即将落幕的今天，说她仍然具备少女的天真也不为过。难过就哭，生气就怒骂，开心的时候就哈哈大笑——什么悲情、苦难，这些人生几十年的亲身体验，好像从未进入她的皮囊，发生过后，一切就过去了。她虽然没有在时代的变迁中学会什么大道理，但也没有给自己的皮囊留下什么清不出去的垃圾。她毫无克制地活过，看起来张牙舞爪，却也让人没有办法。

而我，这个她生命画廊的继承人，到今天才敢说自己不喜欢她那副把舒坦背后的矛盾，留给身边人的样子。

记得有一年夏天，坡上的农作物要引水灌溉了，日头太毒，晚一天，一个小时，都可能会让那些等待生长的秧苗无法挽回地枯竭。即便它们长在大河边，也难以避免这样的生命危机。那个时候抽水机是个稀罕东西，农作物引水是要排队的。她被排到了后头，眼见自家的秧苗就要干蔫了，她急得与人起了争执，甚至大打出手。

她当然打不过别人，便瞅着个机会跑了。人们以为她躲了起来，可没想到，她是跑回了家，抡起了伐树用的砍刀。她紧握砍刀，冲向与她打斗那人家里的竹林，一边骂着极为难听的脏话，一边砍伐着竹林里的竹笋，有时候刀砍不断，她还会用起脚。此时，她的大脚就成了最好用的刀，不用太费力，那竹笋便提前结束了生命。

而她的脏话真是人世间最恶毒、最无羞耻感的语言，可她不会为此生羞，反而会因自己用了这最肮脏、最恶毒的语言诅咒仇人感到快乐。等她把那人竹林中的竹笋砍完，便跳上了竹筏，撑起竹竿，朝大河中央逃去了。

确定自己逃到安全区后，她还不忘转过身，像庆祝自己赢得了一场了不起的战争似的，将手里的砍刀高高举起，用健硕的手臂用力挥着，朝着河岸高声呐喊："气死你个狗杂种！"

这样的事数不胜数。

我当然爱她，但那并不代表我接受了她的"舒服"。我会在她和农人打架，或者难堪地骂战时，怯怯地扯住她的衣角，让她看在我害怕的份儿上，不要再与人纠缠了。但她会甩开我，毫不在意她的粗鲁给我带来了什么羞辱。

这几年，她总说几十年时间一晃就过去了。我也这么替她认为。在这漫长的时间里，她几乎学会了活着需要的一切。干农活、做饭，或是女人的针线活都不在话下，她活成了一把万能的钥匙。

但她的万能也有破绽。

她没有读过书，也不识字，第一个儿子出生后，她才在大女儿的教授下，在一张淡黄色的纸上，写下了自己的名字——罗文莲。

歪歪扭扭的三个字，醒目得像忽略不掉的补丁。

好在，她根本就不在意自己不识字这件事。在她看来，反正也没有几个同龄女人识文字，不丢人。

我念书后，会替她记录日常的开销。不是因为她对钱财有多上心，而是因为她与我远在广州的母亲，总因生活费的去向，产生令我费解的争吵和仇恨。因此，她像一个愤恨委屈的小孩那样，要求我把她花的每一笔钱都清清楚楚地写下来，写在一个本子上。等母亲新年回来时，这本女儿亲手写下的记录，就是她没干丑事的证据。

我给她写的账本有厚厚一摞，她都整整齐齐地收着，用塑料口袋封起来，码在柜子里。每一个小本子都写得满满当当，里面小到每一毛钱的去向，我都得替她记得清清楚楚才行。

唯一一笔没有留下记录痕迹的钱款，是我们祖孙俩的秘密。

都说人的亲密建立在血液和亲缘关系中，但实际上，亲密的建立，是从知晓对方的秘密开始。

奶奶六十五岁那一年，爷爷病逝。她守在遗体前哭了整整六天。第七天入土时，她埋着头，一句话也没说，一滴眼泪也没有流，我甚至怀疑，她一点声音都没有发出过。我看见她半跪在坟前，将那山泥黄土，一捧一捧地，推进坟坑，掩住棺木。

几天后，她早早开灶，为我在柴锅里预留了足够吃一整天的饭食后出门了。她回来得很晚，胡乱扒了两口饭后，便把小本子掏了出来，让我记下今天的账目。

“现在就写，明天我会忘。”她一边命令我，一边口述。

写着写着，端倪就被我发现了。

这一次，她说了很多我根本就没有看到的东西，例如香蕉、味精。但我没有问她，我觉得这不重要。最后，她从衣服的口袋里，掏出了一个新鲜的橘子给我。橘子热乎乎的，还带着她的体温。

“贡献，吃了好。”她说。

我不明白她在说什么，但我喜欢橘子。

紧接着，她把桌子搬到墙角，再将长条板凳摆在桌面上。她找到小钉锤，带着一颗钉子爬上了桌凳，一边敲击着钉子一边说：“不要告诉你妈。”

“嗯。”我答应着，但实际上，她用不着嘱咐或担心，我和我的母亲，没什么亲密可言。

钉子钉好后，她掏出一个裹得紧紧的塑料袋，把它挂在墙上。

隐隐地，我能看到塑料袋里装着一张相片。

后来我才知道，那天她去了几十里外的小镇，在一间久负盛名的寺庙皈依了。而她挂在墙顶的，是她花了170块钱请回来的“菩萨”，是一张照片。这笔有些荒唐的账目，当然不能出现在小本子上。而从那以后，她日复一日的农妇生活，就发生了变化。

她会在晚上8点烧香，跪在草团上磕三个头。她磕头很认真：跪拜、叩首，每一个动作都像用标尺量过似的。她起床的时间变成了凌晨3点，但她不会下床，而是靠坐在床上，取下蚊帐一头挂着的佛珠，一颗一颗地数，一次一次地念——“阿弥陀佛”。每个月，她会在固定的几天里斋戒吃素，为了保证油污被去除干净，她会在素食日前，用大柴锅烧上一整锅沸水，把所有的餐具放进去，煮很久。她甚至会轻轻地将蚊子从蚊帐里赶出去，而不是像以前那样，一巴掌拍死它们。锄地时，她会对着被掘断的蚯蚓们，一声又一声地说对不起。更有意思的是，再与人起争执时，她依然会骂出全世界最难听的脏话，然后紧跟着，念上一句“阿弥陀佛”。

终于，我忍不住问她为什么要跟蚯蚓说对不起，为什么要在骂人的脏话后面加上“阿弥陀佛”。

她说：“菩萨听得见。”

我又问她，你想让他听见什么呢？

她想了想，然后眼睑垂下来，垂得很低很低。

“奈何桥上少喝水，来生不忘今生恩。”她说。

> “哥，生活太难了，
> 帮帮我，我要挣钱。”

和我奶奶一样，大河山岭对我母亲来说，也是某种程度上的新世界。不过，今天的大河山岭已经是奶奶全部的世界了，她熟悉这里的一草一木，认识这里的每一个人，她生命的根，已经在这条大河、这片山林里深深扎下了。

可对我年轻的母亲来说，这片山岭世界的新，还远远不够。

和只识得自己名字的奶奶不一样，母亲是时代的长河中，第一批打破性别的藩篱，得以走进学堂，学习文字的幸运儿。不过，她与文字之间的联系，在一场“黑色布西裤事件”中，戛然而止了。

时代的幸运，是漫长的时间历演的结果。可生命太短暂了，稍不留神，就会与这时代历演的幸运擦肩而过。

20 世纪 80 年代，我的母亲没有考上大学，外婆还是给了她 12 块钱，让她缴费去复读。在那会儿，一个没有考上大学的女孩有再来一次的机会，已是幸运的极少数了。母亲当然珍惜过它。她拿着这笔钱，走了 20 里山路，无论是路过热气升腾的面馆，还是光怪陆离的录像厅，她都没有停下来。她需要美丽的未来，而不是这些。

可是，在她路过那家裁缝店时，步子就再也挪不开了。

那木板门上挂着一条美丽的“公尺布”西裤。天哪，她望着它出了神，丢了魂。她心里想啊，这裤子质地也太好，样式也太美了吧。天哪,什么时候自己才能穿上一条尺码刚好的黑色布西裤，而不是哥哥姐姐们穿剩的棉裤呢?

不知不觉,她走进了这家裁缝店。她以为自己只是想凑近一些，看一看这条美丽的裤子，可她还是忍不住问了价格。

“12 块。”驼背的老裁缝说。

啊，天哪！买到一条心仪的布西裤只要 12 块钱，不多不少，和包里装着的 12 块恰好一样。这是巧合吗？也许是这条裤子在告诉她：看，你有一笔刚好能带我走的钱，我就是属于你的。

那一刻，我的母亲心里响起了旗鼓相当的争论：把钱带去学校缴费？还是，买下这条布西裤?

她很快就做出了选择——她买下了它，那条价值一年学费的黑色布西裤。

她做出选择的依据是，她可怜的母亲从小就教她：好好读书，只有读好书才能给一家人出路。所以，他们是不会让自己失去命运被改写的机会的。她在那一刻相信，自己会再得到一笔钱。

这样一想，她也就没有什么可担心的了。她怀抱着心爱的西裤回家了，她的脚步轻盈，那是得到所爱后的欢庆。原来得到所爱的人，心是会飞起来的。她真希望，自己未来的一生，也会因为这条心爱的西裤起飞。

可她的欢庆，在黝黑矮小的外婆面前，瞬间就被击碎了。

在得知学费被用来买了一条西裤后，外婆突然大哭，哭声引来了在偏房干活的外公。不用多说，外公就知道发生了什么。

平日温和的外公大怒，他把手臂高高扬起。那黝黑的手臂悬在半空，像受到大风侵袭的树干，颤颤巍巍的，好像下一秒，就会被劈断。

“去退了！”

终于，外公的手臂收了回去，他从来没有打过自己的孩子。

母亲拼命摇头，这可是她的第一份心爱之物啊，她想拥有它！

“老六，咱们先读书，以后有出息了再买，啊？”她可怜的母亲拉着她的手，在灶头蹲了下来，抬起头来的时候，扑簌落下的眼泪被燃烧的柴火点亮了。晶莹的水珠透着光，映在外婆的脸上，透亮的皮囊下，血丝和骨肉都暴露了出来。

母亲心痛了，那一刻，她似乎明白了一个贫穷的家庭中，总要有人率先妥协的道理。痛苦的挣扎后，她交出了那条美丽的“公尺布”西裤。

外公抓起那条裤子，一个用力的起身，就朝山岭市集的方向跑去。母亲望着矮窗外携布西裤远去的外公，慌张极了。

她的心很痛，她不甘心！

“人为什么不能听从自己内心的声音做选择呢？”她不明白。

突然，她用力一跺脚，大喊了一声。她也不知道自己在喊什么，那声音听起来像哭，又像是在与某一种不得而知的东西，做着难以言说的决离。她不再管炉火前扑簌落泪的人，踏着山土红泥上的脚印，追着愤愤的外公而去。

她还是舍不得那条西裤，舍不得自己的第一份心爱之物。更重要的是，那时候的她，还不明白有关命运的选择，没有争取和优先，只有放弃和别离。

可很奇怪，前脚才离开的外公，却像带着她的布西裤消失了一样。她追过田坎，追过山岭，追过了白天热气升腾的面馆、光怪陆离的录像厅，甚至追到了大门紧闭的裁缝店前，也没有看到自己的父亲。这时，天也黑了，她感到委屈，也疲倦到了极点，她靠在裁缝店门前，睡着了。

后来，她成了那家裁缝店的学徒。很长一段时间过去了，她都没有再回家。她让赶集的同乡人给家里捎去了一张字条，上面写着：在裁缝店当徒弟，不要来找我，欠你们的，日后还。

就此，我母亲与文字的联系结束了。

几年后，她嫁到了大河山岭。长女出生时，大河山岭的人住的还都是黄泥堆砌的泥屋。母亲的脸上，没有初为人母的喜悦，她抱着我的姐姐，站在大河边上，听风吹树叶、竹林发出的声音。

她眉头紧锁，似乎在担心什么。

她那说不清楚的担心，在一个狂风肆起之夜，坍塌下来，成了一个漫长的，悲痛的诅咒。那一夜，狂风席卷山岭，大河翻滚，河浪击打着河岸，一层又一层地卷来，卷走河沙，卷走碎石，像噬人的海。竹林的响动，成了鼓，树木的颤抖，成了哨。

大风像刀，拦腰折断了桉树，老桉树倒下来的时候，砸在了陈旧的泥房上。而那泥房里睡着的幼儿，是我刚满月的姐姐。

稚嫩的命刚刚开始便消殒了，而未知的运，被埋进了一摊陈旧的，没有养分的泥。

我的母亲才二十二岁，她平静地安葬了幼女，没有声嘶力竭地哭闹。

后来，她就变了一番模样。

听我奶奶说，母亲刚刚嫁来大河山岭时，为人有礼、温和，连话都没有大声说过。即便，人们能偶尔在她的目光中，看到一丝小狼一样的眼神，可只是转瞬即逝，让人以为那只是幻觉。安葬幼女后，她每天都会把头发梳得光溜极了，编成一条大辫子垂在身后。她穿上了自己缝制的西服套装，脱掉了胶鞋，换上了圆头高跟鞋。有时候，她还会抹一点儿口红，不多不厚，只是一点点。

她收拾成这番模样，走在大河山岭的泥路上，踩着那枣红色的山泥，挨家挨户地借钱。她为什么要打扮成与大河山岭的女人们不同的样子去借钱呢？大河山岭的人说，母亲在夭折了一个女儿后，就打扮得极其“妖艳”了。她四处借钱的原因，是她要离开了，她要离开这个刚刚组建，却贫穷无望的家庭。

她没有理会这些声音，也没有在人们的手里借到钱。她没有痛哭愤怒，而是让我爷爷把她的缝纫机就着一些雨布，一起放上了一辆拉煤的板车。板车咔哧咔哧地拖着它们到了城里。

就在小城的街角，母亲搭起了棚屋，她把捡来的木板立在棚前。为了让木板更稳固，她将许多鹅卵石堆在木板底下。她讨来了红色的油漆，在那块木板上写下大字——“缝补，西装定制”。

白天，她把缝纫机搬到棚屋前，在街头做起替人缝补衣服，定制西装的活计。晚上，她点着蜡烛，拉上塑料的棚帘，在城市惶然的声息中睡去。清晨的雾、正午的烈日、傍晚的夕阳都照在她的棚前，远远看去，那块插在鹅卵石上的木板，既是承载着希望的招牌，也像终结生命的墓碑。

在那间棚屋里住了5个月，150多天后，她赚到了1500多元钱，那是一笔巨款。但她没有在这里停留，又带着钱，拖着缝纫机回到了大河山岭。母亲这才脱掉了脚上的高跟鞋，她拉着父亲一起扬起铁锤，将那间废弃的，埋葬了一个稚嫩生命的泥房，彻底推倒，又挑起箩筐，将河滩上的鹅卵石，一筐一筐地运到废墟前。那个夏天，他们从河滩挑来砌房的鹅卵石，有数百吨之多。那些坚硬的石头，每一块都乘在年轻的肩膀上，越过了沙，飞过了田，来到一片废墟前。又是半年过去了，它们才真正被厚厚的水泥包裹起来，成了一座房，一座青灰色的小楼房。

青灰色的楼房，多么漂亮啊。可面对着一栋漂亮的小楼房时，我年轻的母亲却号啕大哭。

她来不及为这座新建成的命运庇护所欢庆，就给远在南方的表哥写去了一封信，一封成了命运分岭的信。

“哥，生活太难了，帮帮我，我要挣钱。”

母亲字如其人：身躯健硕，步伐有力，眉目间锁着无声的、永不妥协的秘密。

半个月后，回信就到了。她拆开信，径直阅读最为重要的信息：一串陌生的地址——广东省中山市，信的末尾处写着：“妹，你来吧，肯吃苦，能挣到钱。”

20 世纪 90 年代，大河山岭秋日的清晨有些寒意，河面起了雾，浮在空中。

父亲背着母亲的行囊，他们朝码头走去。

“看好丽娇。”母亲还是不放心我，这个刚刚足月的次女。“我必须去，贫穷会毁了我们一辈子。”别离前，母亲最后说道。

父亲闷着头，什么都没说。突然，帆布背包的拉链崩开了，龇牙咧嘴的样子难看极了。父亲急急拆下自己的胶鞋鞋带，将帆布背包的裂口系得紧紧的，以此顾全我母亲在意的体面。

轮船顺水而行，号笛声越来越远，浪层迭起的河面渐渐恢复平静。一场时代的寻金之路，开始了。离开大河山岭，南下广东那年，母亲二十三岁。

现在，我在柏林西郊，屋里暖气充足，有一对善良的夫妻，为我修理摩托车，和我聊天，给我准备丰盛的食物。而今天，恰好是我的二十三岁生日。

我望着窗外，傍晚了。窗外的柏林西郊仍然积云密布，飘荡的树叶在还没有着落的时候，又被另一阵风卷起。树和田野，花园和房屋，在灰暗天幕下的柏林西郊，像被切开的蛋糕。我把窗户完全推开，原本被玻璃隔绝在外的声音立马钻进了我的耳朵。

“呼——呼——呼——”

窗外，风声像轮船不息的号笛，它神秘莫测，模糊难辨，让人听不清到底是哪里传来了呼喊，传来了令人无法抗拒的吸引。

在经历了时代的求食、求金之路后，
一场蓄谋已久的浪潮，也在大河山岭悄悄蔓延。
大河山岭沉寂的绿意和生命，复苏了。

人的名字，除了是供人识别的符号外，还带着取名人对顺遂命运的渴盼，对孩子未来的祝福，甚至是一种对幼子成长的要求。总之，一个人的名字，不仅是他们生命初成时的滋养，也是他们顺应生长中的囚禁。

我那位夭折在一场狂风中的姐姐叫生红。

"生红"是字辈名，代表一个家族血脉传承的路径。就在我出生前，母亲花了一笔钱，请师娘子为我取了一个寓意"山川秀丽，未来生娇"的名字——丽娇。

她拒绝长辈们为她的孩子安排家族的字辈名。

"该守的道我守过了，但该选的命要重选一次。"她这么警告那些长辈，让他们在盛怒之下，还是把我不合规矩的名字，写上了族谱。

我记得，我第一天上学念书时，她很早就从广州打来了一个长途电话。隔着电波，她声声嘱咐：好好读书，只有这样，你才会成为命运有希望的人。

1994年，秋日清晨，山岭里还是起着薄雾。阳光照射下，谷杆焚烧后的灰尘飘浮在半空，空气中是河流和泥土的腥味，深深吸一口，便会弥散在喉咙和鼻腔里，让人感到清凉。

那天，我坐在奶奶的箩筐里，她挑起担，箩筐的另一头，是要加工成米的谷子。

我记得我们走过的路，也记得我望着箩筐外的山岭，心里想：谷子一旦进了打米机，就完成了成长的使命，接下来，它会成为食物，成为蠕动在肠道里的养分，然后变成排泄物，被粪瓢泼在泥里。

可我对学校——一间命运的“加工厂”没什么兴趣。这不能怪我，毕竟，谁能要求一名智识未全的幼儿，在黑压压的，没有声音也不会动的文字中，去连接未来，去承担改变命运的使命呢？

再看看那时的大河山岭，葱郁的稻田是清香的，竹林哗哗作响，大河里鱼虾成群，有时它们会跳上岸来，有时会钻进戏水的人的凉鞋里。孩子们光着脚在田间飞跑，他们挥手，高举着树叶制成的旗帜，尖叫着追逐同龄的伙伴。胆大些的，就去扒公路上的卡车；跑得快的，就去追天上的飞机；声音大的，就仰起头来大喊：“飞机，停下来！飞机飞机停下来！”他们的每一声呼喊，山岭都会给予回音，连平静的大河，也会为这些少年的欢庆一颤。

生命在绿意的温柔中高歌，以为这高歌会长存。

可不知道从哪天开始，山岭变了。

这些曾经高歌的欢庆变得平庸、无趣，变成了泥泞、肮脏，变得贫瘠，甚至让人难以启齿。孩子们仍然嬉笑追逐，可当他们停下来时，看着那树木茂盛的山岭，冷漠就会钻进他们的眼睛，侵蚀他们的心。

千禧年，那是时间的长河中，时代崭新的起点。彼时，在经历了时代的求食、求金之路后，一场蓄谋已久的浪潮，也在大河山岭悄悄蔓延。

大河山岭沉寂的绿意和生命，复苏了。

大河山岭的一小部分人身上，出现了一个特殊的符号。拥有这个符号的人，会成为人们注目或畏惧的对象。不仅如此，他们还因为身上刺有这个符号，便摇身一变，拥有了某一种从未降临至他们年轻身体的神秘和威严。

一个在身体醒目的位置，刺下的“忍”字，正是这个带着额外荣誉和威严的符号。

“忍”。

从它被人们刺在身体上开始，它就不再是一个中国字，而是能让原本平凡怯弱的生命变得夺目、变得威严的“巫术”。

第一个敢把这一“巫术”刺在身上的孩子叫小四。小四是大河山岭生得最漂亮的男孩，他和我同年出生，生在夏季，比我大四个月。

他的眼睛不大，可目光却内敛温柔，鼻梁俊秀，鼻根微微拱起，像平缓的山，让我忍不住想多看一眼。

可在大河山岭，小四的好看却没有带给他什么优势。这是因为，在大河山岭，决定一个孩子身份高下的，是他有没有一个体面的家庭。

体面，是大河山岭的人最看重的事，是祖祖辈辈行为的标尺。他们的体面，不外乎就是自己的一家要和邻里贫穷相当，祖上没有什么令后辈抬不起头的丑闻，家里也没有不得力的拖油瓶，或者一无是处的废物。但他们可以大声地吸痰，然后“啪”地吐在地上，再用脚尖把它踩进土里。他们也可以毫不羞涩地将那些最肮脏下作的词语拼凑成句，当作生活中的口头禅，没人会为此脸红。

而令漂亮的小四蒙羞受辱的，正是他没有一个符合以上标准的——体面的家。

小四的爷爷耳朵不好，几乎听不见自己的声音，说话的时候，声音像打雷。人们还没和他说上半句话，就会很不耐烦，时间一久，人们躲他就像躲灾。不过，真正令小四一家成为大河山岭人人都可以奚落的对象的，是他父亲年轻时发生的那件事。

至今，大河山岭都流传着有关小四父亲的闲言碎语。不用刻意打听，有些声音是长出了手脚的，会自己跑到你的耳朵里。也不知道从哪天开始，人们说小四的父亲有偷看女人洗澡的下作毛病。虽然从来没有人拿出过确凿的证据，但如果有人质疑他们的快感，他们就会觉得，你怀疑我们，莫非是因为你也和小四的父亲一样下作？

直到有一天，一位没有出嫁的姑娘哭喊着要跳河自杀。问她原因，她也不说，只是哭，好像河没跳成，河水却钻进了眼睛，怎么哭都哭不干。

又一次，不知道是谁抢先喊道："肯定是那个下作的杂种，他偷看了姑娘洗澡！"

这下，大河山岭炸开了。

顺应着那声高喊，人们纷纷把脸转向小四一家，一场名正言顺、毫不掩饰的奚落和辱骂，开始了。

小四的奶奶是个硬脾气，受不了这些屈辱，就把事闹上了县城的法庭。她不仅告了那女孩一家，还把全村人的名字都写了上去。可这无从取证的事，怎么会有结果呢？倒是她自己因为这件事急过了头，疯掉了。

老太的疯癫不仅没能制止流言，反而因为她疯癫后，总光着身子在路上唱歌，成了大河山岭的笑话。不仅成年人会戏弄那疯癫的老太，就连稚嫩的孩子，也会成群结队，一边哈哈大笑，一边拾起身边的小石头或泥块，朝老太砸去。老太也不知躲闪，她蹲下身子，把头埋进膝盖里，哪里被丢中了，感到疼了，就挠一挠，要是疼凶了，就呜呜地哭起来。

我从不参与这场暴行，倒不是说我心怜悯，而是因为我喜欢小四。我喜欢他什么呢？我不知道。但我记得他为我带来的那股奇妙的香味。只要看到他，我的鼻尖下，就闻得见橘子的香。

我求奶奶允许我留长一点儿的头发，并向她保证，我会经常洗头，自己洗，会想办法灭掉头上的虱子。头发留至耳根的时候，我走了 20 里路去了趟集市，从摊位上把那些漂亮的发卡和皮筋偷回来。我喜欢五颜六色的发卡和皮筋，等头发长到颈窝后，我每天早上就会用偷来的头绳，在脑门处扎上好多小揪揪，再编成辫子，盘到头顶，看起来像顶着一道彩虹。

我每天都梳这个发型，带着彩虹出现在小四面前，它让我什么都不用做、不用说，就能得到快乐。幸运的是，我的小四，他也喜欢我。我的天，他也喜欢我！虽然他从来没有对我说过，但我能听见，能闻见。

他会把做好的泥玩具放在我门前，有时是一把观音泥做的手枪，有时是一辆泥汽车。我们一起割草的时候，他会先装满我的背篓，再割自己的。找柴火的时候，他会偷偷跑去别人的竹林，把那些还没干透的竹子弄断，一整根地拖到我母亲修起来的青瓦楼房墙角。竹林里没有橘子，他就跑去山上，脱下衣服当作背包，偷一整包回来，再从窗户里一个个扔给我。我家的水缸里，时不时会出现肥硕的大鱼，有时是草鱼，有时是黄辣丁。有一次，一条手臂那么长的黄鳝在水缸里游着，像一条蛇。我害怕得直发抖，但我知道，那是小四送来的。于是我就大笑，假装自己很喜欢他送来的礼物。

还有一次，我和女孩们玩跳背，不小心摔断了手臂，皮肉下的骨头变形了，手臂上多了一个拐节，女孩们看到，尖叫着跑开了。我拖着变了形的手臂回家，路上遇见割草的小四，他欢喜地朝我跑来，凑近后看见我变成了三折的手臂，急得口水呛进了气管，眼泪直流。

“你不要哭啊，我又不疼。”我这么说着，却也跟着哭了起来。

第二天，我打着绷带回教室，发现我课桌的抽屉里，竟然放着四颗皮蛋，一包味精，还有一把面条。

当然是我的小四放进来的！

不久前，我们划着竹筏去河岸对面的集市上出售刚挖的鱼腥草。在大河中央，我坐在筏尾，一边用手划着河水，一边告诉小四，我讨厌吃米饭，尤其讨厌在冰冷的米饭上扣一小坨猪油，再淋几滴可怜的酱油，我都吃腻了。我喜欢吃面条，但在大河山岭，面条是稀罕物；还有那石灰黏着米糠裹起来的皮蛋，光是想一想，我都流出了口水；最后，不能没有放了味精的番茄汤，奶奶只买盐和油，只有在家里来客的时候，才会往汤里撒几粒可怜的味精。但就是那几粒，也能让我做出保证，那是我愿意喝一辈子的汤！

“我给你整过来。”小四一边说，一边费力地划着竹筏朝河岸靠近。

后来有一天，记得是正午，我还在睡觉，听见小四在屋外大喊我的名字。我睁开眼，正午的光线十分刺眼，光从窗户落进屋来，照得窗前的区域一片白色。我看到了小四，他小小的身体骑在一头健硕的黄牛背上。黄牛大块的肌肉，像山的脉络，我的小四，像一个驾驶着群山而来的人。

“丽娇，快看！”他大喊着，把短袖掀到了脖颈处，动作很急，衣服里的灰扑了出来，弥漫在他周围，让他在耀眼的光里，有了一层温柔浮动的罩。

“快看啊！丽娇。”他催促道。

我朝窗前走去，可还是看不清楚他的样子。

他急着从牛背上跳下来，跑到窗前，挺起自己的胸膛，又凑我近了些。

“看！”他得意扬扬地昂起脑袋。

总算，我看到了他骨瘦如柴的胸口上，有一个笔迹笨拙的“忍”字，巴掌那么大，还带着没有干透的血痂。

我皱起眉头。

“你干社会了？”我问。

“啥子社会哦，我这是在添砖加瓦。”他拉长音调，学成年人表现出一副不屑的样子，“以后这片竹林就是老子的天下了。”他昂起头来，稚嫩的脖颈透着光，像电视里，从波涛汹涌的海上一跃而起的海豚，光溜溜的身子反射着月光，将高鸣送给岸上的伙伴。突然，我羡慕起了小四，那寥寥几笔竟然为他带来了奇异的光。就在那天晚上，我躲在青瓦房中，拿起生锈的小刀，一点点割开皮肤，再蘸上蓝色的墨水，想方设法让它浸入我的皮肉。被割开的皮肤结痂后，蓝色墨水的痕迹便“烙”了下来。一个歪歪扭扭、笔画缺失的“忍”字，留在了我的手腕上。

我带着这个和他一样的痕迹去找他，我以为他会因为我们身上有了共同的符号而开心，可没想到，他很生气，甚至哭了起来。我问他哭什么，他却什么都没说。那时候我想，他真是爱哭啊。

十几年的时间一闪而逝，现在是 2013 年了。

自从我改了名字后，那些与大河山岭有关的过往，就成了安静的小河，偶尔会在心里蜿蜒，但从未像今天这样，如同窗外柏林西郊上空，那密布游动的云。

“那个字已经写了一年了。”不知何时，女人站在我的身后，看我望着那扇窗户出神，她解释道。她的声音把我带离了大河山岭，回到了柏林西郊。

跟着夫妇来到这里已经大半天了，男人说摩托车的小毛病都解决了，但我得在这里住上一夜，因为在漫长的旅途中，摩托车轮胎的防滑扣已经磨光了。他为我找到了卡口匹配的轮胎，但新轮胎明天中午才能从慕尼黑运到柏林这间修车厂来。我本想拒绝，但当然没有说出口。

女人将手里的水杯递给我：“对了，你叫什么来着？”

“练明乔。”我接过水杯说道。突然，小四的脸又在我眼前闪现。

我离开大河山岭，十年了。而我们这些在山岭中一起长大，曾经相互做伴的孩子，成了记忆相接却再也没有联系的陌生人。也许，在某一个瞬间，我想知道他现在在做什么，过得是不是顺利，有没有摆脱那些暴戾的欺辱，更想知道他是不是和我一样，想要掩盖曾在身上刻下的那个“忍”字 。但这些也都只是弹指一瞬间的念想，旋即就会消失。

“你家里人还挺有文化啊，给你取了这么个名。”女人笑着说。

“也不是，我自己取的。”我解释道。

女人在沙发上半躺下，她小小的个子，立马就被柔软的沙发包裹了起来。

“今天的年轻人不都这样吗，至少有两个名字，一个代表出生，另一个代表自己当下所处的环境和审美。有的还有英文名，不是因为他们英文有多好，而是要有一个新鲜的名字，好让自己看起来更符合年轻热闹的标准。”她说。

年轻热闹的标准？我还是点着头笑，不说什么。

“对了，”女人在沙发上猛地翻了个身，“话说回来，你大老远从中国骑摩托车来到德国，该不会是来找什么‘年轻的爱’吧？”

年轻的爱？陆远？我只是迟疑了一下，女人便腾地从沙发上站起来。“千万不要！”

“你可以看看我，我从广州嫁到德国之后才发现，他爱摩托车、器械，爱一堆冰冷的玩意儿，远远超过爱我。”说到这里，女人拍了拍胸口，“我，”她强调，“一个大活人。”

我的心突然被揪了一下，不是为了陆远，而是因为那个熟悉的地名：广州。

在我的世界里，广州曾有过另一个名字——“金城”，也就是，能让每一个远道而来的人都寻觅到“金子”的城市。

20世纪90年代，城市经济神话的浪潮缓缓席卷中国。母亲南下广州打工时，只有二十三岁。现在，二十三年过去，她年近半百，还不算太老，可皮囊却像经历了一场战争，变得黝黑、肥胖、丑陋，像枯竭的井。虽然她不像我奶奶那样，可以毫无羞色地骂出肮脏的语言，但她的精神已经奄奄一息。贫穷占据了她的心，吞噬了她生命的力。

我的母亲，我甚至不忍心想起她，因为，我一想起她就会感到绝望，那种在她衰老苦难的皮囊上，仿佛看到了自己的绝望。

我趴在窗户上。

眼前的柏林西郊就要入夜了。富庶的西欧平原，每一棵树都在风中摇摆，层层叠叠的树梢，就会被吹成悬浮在半空的浪。

我在想，我到底是为什么来到了这里？如果一个人，她只身远行，不为求食，也不为求金，到底在寻找什么重要的东西？如果这真的是一场逃亡，那么我已经离北京，离大河山岭很远很远了。我是不是该停下来了呢？

“陆远。”

我在心里念着男孩陆远的名字，我喜欢他的名字。

明天，我就能见到他了。也许我真的会停下来，在年轻的爱刚刚发生的时候，恰如其分地，停下来。

我将那扇写着“忍”字的窗户关上，很轻。窗户紧闭后，风声立马消失了，屋里也沉寂下来。

我又转过头去，望着窗外。

“明天就要到科隆了。”我想。

此时此刻，我离开公路还不到一天，就开始想念窗外呼啸的风，飞行的云了。

我……我也说不清，总而言之，自从我在6月1日那天离开了北京，踏上这条向西而行的公路后，我就成了一头胆小又鲁莽的怪物。准确来说，是那个疯胖子庞磊森离开后，我才真正成为一头被矛盾的毒液侵蚀的怪物。

突然间，我感到一丝恐惧。

我是一位逃亡者，是飘落的叶。我需要的，不是新的庇护所，也不是人的陪伴。我需要风，没有风我就会落地。可落叶无论落在哪里都生不了根，发不了芽，会成为微尘，成为泥。

逃亡之路

“来了跟我走，去吧追上我。前面不是地狱，更不是天堂。前面是时间。”

> 他被惹恼了，
> 气冲冲地在我睡觉的房间门前放了一块和门一样高的镜子，并用红色油漆在上面愤愤写下：恶狼，勿近。

2013年5月31日，北京，一个平常的日子。大风预警的推送已经在手机上连续出现半个月了，城市里沙尘飞扬，路边的小树枝叶被吹向同一个方向。屋外暮色四合，敞开的大门将石楠花谢败后遗留的“精子味”，送进屋来。

金石坐在地上，把一件灰色的棉质滑雪服丢给我。他是一位老摄影师，也是这个城市中收容我的人。他把那些在紧闭的阁楼里陈积许久，一直没有派上用场的物件清理出来，让我带上路。

“窝里省一点儿，出去横。”他就是这么说的。

我把他给我的东西收进行囊，并催促他离开。

“狗日的，没良心。”他对着地面大骂，再摇摇摆摆地，朝影棚外走去。金石的左腿有点儿跛，不严重，但走路的时候，从后面看很明显，像一只容易掉队的鸭子。

他的皮肤黑得发亮，个子矮小，像东南亚一带的人；额头很高，眼睛又很小，骨相不好看；说话粗鲁，脾气更是像臭鸡蛋一样。金石不是他的真名，他自己都说，这金石金石地喊了几十年，再看见身份证上的真名时，倒像见着了一个曾经亲密现在却关系疏远的朋友。我问他真名是什么，他就会十分粗鲁地吼上一句：“关你屁事！”

即便这样，也不能把他划作城市中盛气凌人、难以接近的那一拨。相反，他习惯穿背心，布料上沾满了汗，脚上通常是一双颜色艳丽的洞眼拖鞋。走路的时候，脚步声像踩着了黏人的东西。他为人随意，但城市没有给这样的随意预留出宽容的区域。总之，他像人群中那个容易引人注目，遭人嘲笑的老头，虽然不过四十多岁，还远远称不上老头，但人们总是在背地里这么喊他。“鬼老头”，“死老头”，“怪老头”，这些代替了“金石”这个名字，成了他在人们心中的代号。

但是，只要他一出现，人们就会立马挺直脊背，改口称他老师。

今天的老师，不单单是指在课堂中教授知识的人，这个称呼更隐含着某种人情世故。在工作上，要打交道的人太多了，但大家的时间有限，没有什么闲工夫去记别人的名字。一句老师，冷漠又不失礼貌，疏离又恰恰得体。

但我不叫他老师。一方面，我们每天都见面，不需要这样的冷漠和客气；另一方面，我并不承认他的成绩。虽然说，早在十五年前，他便是赫赫有名的摄影师了，而我今天也才是刚刚步入赛道的新手，但我有拒绝欣赏他照片的权利。

我叫他叔。在大河山岭，人的辈分是必须得分清楚的，所以，我十分讨厌那些在背地里叫他老头的人。他们奚落他时，我会想起那些在大河山岭,丢石子欺辱一个疯癫老太的孩子。他们捡起石头，在老太嘤嘤的哭啼声中哈哈大笑的样子，是初露端倪的恶。

今天，除了手腕处还留存着那个笔画缺失的“忍”字，我已经不是大河山岭的练丽娇了。我有了一个新的名字——练明乔。我当然喜欢自己的新名字，它是我步入新世界的船票。这间属于金石的300平方米的大房子，像一艘装着补给品的船，成了我逃离生活的避难所。

为了符合登船标准，我开启了伪装。

两年前，我在成都一家房地产公司工作。初夏，日头很大，我穿着一套并不合身的黑色西服，要去拜访一位在闹市经营影楼的男人。我到了，店员开始向我推销暴露的写真，一套写真的价格几乎等同于我一个月的薪水，但我微笑着频频点头，既是回应她热情无果的推销,也是为了掩饰年轻贫穷筑成的沉闷和小心。突然，我听到邻桌有人议论，大名鼎鼎的摄影师金石，又要招新的学生了。他们口中的金石，是个生活在北京的怪人，他很大方，愿意为学生提供一切。

我记住了。

回公司后，我打开电脑，开始查阅金石的资料。网络盛行的今天，人仿佛生活在玻璃箱中，暴露成了简单，藏觅变得困难。

只是五分钟，我就觉得自己对金石这个人有了丰富的认识。我决定去找他，但我不能空手去，我得带着他想要的东西。

我让母亲给我买一台相机，但她不仅拒绝，还不忘用恶毒的目光奚落我。她说，我辞去了一份办公室位于市中心高级大楼的工作，这件事令她蒙羞。我便偷了她的身份证，办理了一张信用卡，在她毫不知情的情况下买到了新相机。只带相机去见金石也是不够的，于是我拍摄了一批照片，甄选之后，我给金石发去了一封邮件，那是一封只有图片，没有文字的邮件。

网络上的金石身体健硕黝黑，目光挑衅，浑身的汗毛仿佛永远都在保持直立，像好斗的犬。这样的人，是不会把时间留给文字的，因为他们相信速度和直觉。

果然，他回复我了。回信里，他似乎并不关心我摄影专业的知识和背景，这简直救了我的命，因为，他只要就此多问一句，我就会破绽百出，暴露出我对摄影，甚至对生活中的一切都一无所知。他反而很关心我日常有什么爱好。几乎想都没想，我就在邮件里回复：我喜欢旅行、登山还有长跑。

我为什么要说这些呢？因为我发现，我竟是一个没有爱好的年轻人。爱好的匮乏让我感到自卑。年轻人都有自己的爱好：摇滚乐、旅行，甚至混乱的男女关系，都是他们青春光彩的加持，而我竟然没有什么能让人高看一眼的爱好，这立马让我成了同龄人中的弱者。我必须要有爱好，而且最好是大多数人都认可的那一套才行。

旅行，登山，长跑。

几年前从大河山岭来到成都，这是我走过的最远的路，这就是我的旅行；我体重 110 斤，体格健硕，很像经常运动的人；至于登山，在大河山岭生活了十年，我熟悉哪里的草最受羊群喜欢，哪里的橘子结得最甜最好，哪颗石头上长的青苔最多，哪一片区域的柴最好生火。

但我还是有些担心这些单薄无力的爱好，无法让金石对我有更多期待。我又给他写了一封邮件，我告诉他，我是家境优渥的年轻人，没有生存的烦恼，为人善良有礼，绝不会为他带去什么麻烦。我甚至告诉他，我的母亲是大方温柔的，她在全世界旅行，不仅有丰富的见识，还是一位慷慨富有的华侨。我在邮件里写下这些，竟然产生了一种从未降临过我身体的快乐，一种虚妄的、不属于自己的快乐。每敲击一次键盘,就好像朝着一扇神秘大门前进一步，落下句点的时候，我就站到了门前。而小小的电脑屏幕上，那个蓝色的“发送”键，则是我打开新世界大门的钥匙。

我把鼠标移至“发送”键时，喉管突然很痒，像是一长串气泡从脏腑钻出来，它们看不到光，只能朝着有空气的地方逃窜，涌至血管、流经心脏、穿越气管后，终于钻进了喉咙。咕噜咕噜一长串滚荡，喉咙痒痒的，我张开嘴，释放了它们。

“嗝……”

我打了个好长好长的嗝，在那长长的嗝声里，我的心，迟疑了。就好像在那一刻,我成了一个入室盗窃的小偷。我不敢多半分思虑，就好像，我要是多迟疑半秒钟，就会放弃这个步入新世界的机会。

“嗒……嗒……”

鼠标慌慌忙忙地发出两声，顷刻间，新世界的大门被打开了。那是一间闪烁着金光的糖果屋，屋里陈列着琳琅满目的糖果，每一颗，都有迷人的、令人垂涎的香。我迷醉了，我喜欢这个世界，我要在这个世界留下来，我要拥有这些金光，我要霸占这些不属于我的香。

不过，金石的回复，只有三个字。

“知道了。”他说。

我有些慌，担心自己编造的身份太荒唐，让金石看出了什么破绽。但我不敢再问，只能躲在电脑屏幕背后，一遍一遍地刷新邮箱，希望奇迹能够出现。

菩萨保佑！我收到回信了！

信里写着一串地址，末尾处，金石写道：小丫头，欢迎你来北京。

我欢庆起来，为自己所有的担心不过是一场虚惊而欢庆，为自己拥有了步入新世界的机会而欢庆！

事实上，那也的的确确是一个闪耀着金光的新世界，有300平方米的大房子，7米高的房顶上开着一扇天窗，贴着彩色的滤纸，阳光落下来的时候，七彩的光芒漫射下来，给飘浮的灰尘染上了色彩，时常让人感到迷惑。屋里陈列着摄影师金石的作品、器材、底片资料等，它们都按照不同的功能、时间，整整齐齐地码放归置在不同区域。而我再也不用穿着蒸笼一样的西服，不必像一块即将被烤熟的食物般游走在烈日下，去拜访那些根本就不认识我，也不会理睬我的人。

我搬来那天，一位身形消瘦，个子娇小的女孩正在收拾行囊。她要离开这里了。她是金石的上一位学生。每隔两年，金石都会收一名新的学生，两年的时间里，他会为来到这里的人，无条件提供一切，但两年后，无论这些学生面临着什么，或者取得了什么样的成绩，都必须离开。这些都是在网络上就能查到的信息。

来到这里后，金石从不催促我学习什么，似乎也不在意我取得了什么成绩，是否为他带来了匹配的利益。我时常觉得，我只是他几经挑选后来到这里的无用之人。一开始，我相信是我虚假的身份迷惑了他，但后来我想，可能城市中，总有那么一群人，他们富有，并且因自己的富有而孤独着。

2013 年 5 月 31 日。

两年的期限，只剩下最后半年了，这 500 多天的时间，在这间大房子的庇护下，在谎言的包裹中，我过上了只用拍点儿照片，鸡零狗碎就不会来找我，暴雨和烈日也不会侵蚀我梦的生活。

实际上，我有什么梦呢？我可能就是喜欢这个虚妄的，不属于我的，甚至偷窃而来的糖果世界吧。在这里，新认识的每个人都是我新身份的目击者。我是金石的学生，家境富有，才华横溢，年轻的生命力有着不息的源头，我是一个幸运儿。

从未有人对此产生过质疑。

我开始在网络上分享我步入这个新世界后的生活。网络，就像一片没有成本的金山，一处没有硝烟的乐园。在这里，几经修饰的旅途照片配上一段语焉不详的文字，我就能成为年轻善良、才华夺目、勇敢探索的女孩，这些都为我平凡的生活带来了捷径。人们对我更友好、更友善，也愿意给我更多的机会。

由此，我的心飞了起来，就像那架飞在大河山岭上空，引得孩子们竞相追逐的飞机。我快乐，为霸占了不属于自己的东西感到快乐。可偷窃者的心是没有着落的，会变得敏感，任何的风吹草动，都能令他们神经紧绷，难以呼吸。哪怕是一丁点的暴露，对他们来说，都等同于拆穿和失去。他们没有失去的勇气，为了掩饰自己的偷窃，他们甚至会迫使自己相信——这些就是我的，我才不是可耻的偷窃者，而是努力奋斗、勇敢争取的人，我高贵极了！

有一次，在确认金石离开后，我躲在自己的小屋里和母亲大吵。我忘记我们为什么而吵了，但挂掉电话后，我看见了金石。他坐在天窗下，虽然什么都没说，但我总觉得，那以后他打量我的目光都带着针。不久后，我又打碎了他亲手制作的菱形鱼缸，碎片像破裂的水晶。他被惹恼了，气冲冲地在我睡觉的房间门前放了一块和门一样高的镜子，并用红色油漆在上面愤愤写下：恶狼，勿近。

四个写在玻璃镜面上的红色大字，像靶子醒目的红心，时时刻刻，分分秒秒，就刻在了我的心里。每一个路过这间屋，每一个嘲笑这四个大字的人，都成了刀，成了剑，让我感到，房子留给我的安全区，正在极速缩小。

我想，平静的海面就要起风了，风暴就要降临了，而我必须得在一切被拆穿之前，离开这里才行。

我是今天早上才告诉金石我要远行的。

他还是坐在那扇斑斓的天窗下做手工，我朝他走过去，在他身边坐下来。屋里有些闷热，我看到他额头上的汗珠，一颗颗地往外冒，就好像他的身体里开了锅，染得空气都有了油脂的味道。

“我明天去伊斯坦布尔。”我说得很小声，我从来没有在金石面前大声说过话。

“嗯。”他回道。我以为他会继续说下去，但他却没有再说话。

我望向屋顶，看见那扇色彩斑斓的天窗，穿透它的光像一阵一阵的浪，它们逃离了河流，流进了一间房屋的肚膛里，静默无声，却又轰隆作响。

“我的行李先留在这里。”我说。

“嗯。”金石点头，仍然没有多说什么。

“如果我能顺利到达伊斯坦布尔，我还会回来看你。”我说。

他笑了笑。

“谁没见过谁啊。”

空气静止了，我们谁都没有再发出声音，只有那斑斓的光浪，一阵又一阵，一声又一声。

下班后，他爬上一间紧锁的阁楼。灰色滑雪服、皮手套、积满灰尘的水壶袋、一本世界地图，还有一顶翠绿的帐篷，他把这些东西一并从楼上扔给我。

我把它们装进行囊，朝他摆摆手。

也许我是在用自己的语言感谢他，或者我在催促他离开，只有他离开了，我才感到自在。

“狗日的，没良心。”他对着地面，恶狠狠地骂着，这才朝屋外走去。

望着他一跛一跛离开的身影，我有些愧疚。可人的愧疚是无用的，至少，我不会因为此时的愧疚，便向他坦白什么。

我要带着自己的秘密离开。

我躺在那扇天窗下，给男孩陆远发去消息。

“明早 7 点启程，但得先回一趟成都，顺利的话，两个月后，科隆城见。”

很快，陆远回复了。

"等你。"

> 从此以后，我的记忆，就分区了，
> 一边装着原貌，另一边，装着几经粉饰的太平。

6月14日，成都。

"为什么要去欧洲？"

"旅行。"

"去哪儿？"

"我要去伊斯坦布尔，途经欧洲。"我说。

"为什么没有机票？"

"我有自己的交通工具。"我把从北京一路骑行回川的照片资料递交给领事馆工作人员。

"你有钱吗？"对面的工作人员接过我的资料，一边翻阅着，一边问道。

我想了想。

"有。"

我说。

"我的家庭富有。"

我补充道。

人的记忆就像房屋，它会根据需要被切划分区，有的地方装着真实的原貌，有的地方则是几经粉饰的太平。

我驾驶着摩托车，朝成都西郊驶去。目的地是那间离成都市区 25 公里，在一条小河边上的石棉瓦房。那是我母亲的工厂。十年前，这间石棉瓦房也是我在大河山岭梦寐以求的新世界。

这里是城市绿化的供给基地，花卉和其他城市建设中需要的植物都产自这里。黑色的塑料杯里开着一朵朵、一簇簇的小花儿。斑斓色彩的簇拥下是一间被冬瓜的蔓藤完全盖住，只露出了一点点墙角红砖的石棉瓦房。

肥硕的瓜果有的半挂着，像绿色的灯笼，有的安稳地躺在低矮的瓦房顶上，像巨大的毛虫。紧闭的红色大铁门前有一小块土地，种着应季的蔬菜，红绿相间的菜果在这些温柔斑斓的簇拥下，像飞在山间的鸟，点缀在海上的帆。

2000 年，母亲离开了“金城”，来到成都后就留在了这里。这里既是她的工厂，也是我们一家人团聚的家。

我们是一个什么样的家庭呢？我们贫穷却相爱着，愿意为彼此付出一切。不只是我们一家，对居住这里的数十个家庭来说，石棉瓦房都是一个多年的别离和破碎，终得团圆的地方。

工厂里人最多的时候，有三四十人，大多是带着儿女住下来的夫妻，也有少数单身的年轻人。

这里有很多的孩子。大一些的和我妹妹年纪相仿，小一点儿的还在襁褓中。

在这间工厂里，大孩子抱着小孩子，小孩子追着大孩子，他们以工厂为圆心，奔跑在这片边陲的绿意中。他们每个人都喊我大姐，每一声呼喊都像沾着阳光味道的棉花糖，香香的，糯糯的。

我们都爱夏天。我们会在烈头当头时跑到小河里泡一个澡，光溜溜的身子晒得黝黑，每一个动作都扬着光。小河是温柔的，清清凉凉的，也轻轻地浸入了我们的血。

工厂里，大人们热情、善良、淳朴、乐于分享。不管谁家做了好吃的，都会盛上一碗，给隔壁家端去，或者干脆就留在锅里，高喊一声，招呼人们围着炉灶吃起来。他们会像孩子一样，大声开对方的玩笑。他们也有自己的“小河”，那就是工厂的浴房——一间架空的蓄水房，底部被钻出一个孔，安上水管，拧开水龙头，水流就会从天而降，带给他们快乐。

有时，浴房里的蓄水用干了，那些只穿着蓝色内裤的男人便会大喊：“没水了！没水了！抽水！抽水！”

工厂里的人，无论手里在干什么活儿，都会停下来，绕到水房另一边，打开电闸。抽水机嗡嗡砰砰地响，混在工厂的机械声里，挟裹着人们的欢笑，成了欢喜的伴奏，成了生命的回音。

不一会儿，水抽满了，水流又会从蓄水房边沿漫出来，噼里啪啦地往下落，溅起的水雾成了烟。

这时，浴房里又会传来慌张的喊声：“哎哟，水漫了，漫了，快关水！”

电闸边，那些有着“大身体”的孩子们，就会露出顽皮搞怪的一面。

“光沟子出来自己关哦。”他们大笑着，喊着，笑声揉进漫出来的水流，哗啦啦的声音会传得很远很远。

到了晚上，他们会穿着宽松的短裤，脚上是一双蓝色拖鞋，端着比脑袋还要大的碗，碗里的饭菜冒着尖尖。最好的下饭菜是有八分肥的回锅肉，裹着滚烫火红的油光，只有这样，才能让他们享受即将开播的电视剧。

他们看电视不是在屋子里，而是围着场坝中央的一棵橘树，坐着站着或者蹲下去，目不转睛地盯着我母亲窗前，工厂里唯一的一台彩色电视机。有时，一整集电视剧都播完了，他们的碗还没有放下，饭一口都没有吃。只有广告间隙时，他们才会像风一样，朝露天厨台冲去，赶紧扒上两口饭，狼吞虎咽地往肚子里填，再“砰”的一声放下碗筷，立马跑回来，生怕错过剧集一秒钟。这是他们忙碌的一天中最欢愉的时刻。

那台彩电原来背对着窗口，人们只能挤在我父母的房间里看电视，可屋子太小，父亲就用锯子，将窗户原本的窗框锯掉，再把电视机调了个头，面朝场坝那棵橘树的方向。

所有人都爱那棵橘树，它是2003年，我们一家，还有这些工人刚来时种下的。五年的生长后，它结出了第一茬果子。小小的果子挂在枝头，像一个个红灯笼。

每年春天，我和孩子们会将写有自己名字的纸条系在橘子树的茎叶上，我们会天真地认领属于自己的小花，然后数着日子等，看自己的小花一点点发生变化。

总而言之，这是一间友善的工厂，住在这间石棉瓦房中的每一个人，他们都质朴善良，对世间一切充满了天真烂漫的宽容和想象。

可只是几声大卡车的鸣笛，就将我从对这间工厂“几经修缮”的美好回忆中拉回。石棉瓦工厂就在不远处，我向它驶去，那辆鸣笛催促的卡车紧跟在我身后。

现在，在这个被惊醒后未经粉饰的记忆片场里，我看到，工厂的砖体已经风化，墙角落满了红色的砖末。矮房顶上盖着破损的石棉瓦，开裂的部分被铺上了另一层瓦片。这里没有绿叶，没有像灯笼一样的橘子，工厂四周的桂花树、铁树、核桃树，也包括那棵橘子树，叶子上都落着厚厚的一层滑石粉，只有初夏暴雨时，这些陈积了一年的灰尘才能得到清洗，重返短暂的绿意。然而其他季节，这里的灰尘就像被污染后的雪。

在这里生活的人，也并非对世间的一切都充满了天真和宽容；相反，他们悲苦，并因为自己的悲苦暴戾着。而在工厂长大的孩子，也像长期被灰尘覆盖，受光不匀的叶子，面临着随时凋零的危险。每一个孩子都极为精明，可他们的精明都如数用在了判断什么会令父母发火，什么又能让自己在父母的火气中，少承受些无端的指责上。

每到饭点，做好饭菜的孩子们在摆好碗筷后，会朝着灰尘最重的方向大喊一声“吃饭了”。有一次，我做好了饭，因为只喊了一声“吃饭了”，而不是“妈，吃饭了”，母亲便把我揍了一顿。

在她看来，少了一个字，便是对她成人威严的轻视。

不仅是她，在这间工厂里的每一个大人都很在意这一套。即便他们的生活像有干不完的活，还不完的债，发不完的火，可他们依然拥有在孩子面前威严的权利。

工厂里有少数没考上大学，或者没有上过高中的男孩，他们没有一技之长，只想挣点钱洗掉贫穷自卑的痕迹。他们身体健硕，皮肤黝黑发亮，散发着油脂的味道，挤在摆着几张上下铺的屋子里，年轻的脸庞像裹着一层水泥，干涩又僵硬。

我曾不止一次偷偷进过他们的房间。房门被推开后，死寂的空气得到短暂流通，地上的体屑重新扬了起来。低矮杂乱的房间里，拼贴着一张张从市场上淘回来的广告画，印着身材曼妙的内衣女郎，或者貌美的影视明星。华丽的广告褪了色，仍然带着另一个世界的余晖，成了这些屋子的天花板装饰和壁纸，成了皮囊生存的庇护。小小的铁床上，硬邦邦的被子保持着被一脚踢开的样子。色彩艳丽的床单表面，起着不同程度的毛球，上面残留的精液，像树的年轮，一圈一圈。

我在奚落他们吗？不。我是在这间工厂长大的精明的孩子，我只是看到了贫穷的噬骨和无情，看到它带来了比灾难和毁灭都更让人绝望的慢性屠杀，看到它不是在一天发生的，也不是一个月，而是漫长的一生。

每天，每夜，时时刻刻，分分秒秒。

我所指的贫穷，并不是物质上的贫穷。这里简陋、衰败，可它依然容纳了好几十号人，让他们安生过完四季，不必担心风雨。可被贫穷改变的亲密和爱，成了一把削肉蚀骨的刀，所及之处，蓬勃会变成枯萎，田野会变成荒原，温柔的绿意也会变成一片荒蛮。

我，以及所有在这间工厂长大的孩子，我们当然都是朋友。我是工厂的孩子中年纪最大的，他们都喊我大姐。他们都渴望成为我最亲密的人，渴望得到我的爱。他们都听命于我，愿意为我做一切事。我让他们洗碗，他们就会争着替我洗干净；有时候，我会躺在床上，朝窗外大喊一声：来给我脱鞋子！他们就会跑进屋来，把鞋子替我脱掉。

还有一次，我午睡醒来，看见我已经 13 岁的妹妹坐在我的铺边。

突然，我冒出了一个戏弄她的念头——在背后踢她一脚，她会飞下去吗？

我用力踢她屁股，她飞了出去！她在半空短暂飞行的那一瞬，我感到了戏弄者的快乐。随即，她重重地落在了地上，我亲耳听见她落地时，那种骨头发出的，几乎要碎裂的声音。她哇哇大哭，把我吓得不轻，我以为她要死了。我慌慌张张地朝她大喊："闭嘴！给我闭嘴！"

她立马就安静了下来。

孩子们什么都听我的，我敢保证，如果我让他们去抓一条蛇回来，或者让他们想办法给我搞一些零食，他们也会照做的。因为，他们还没有放弃爱和被爱的渴望，还想用自己的方式在世界上努力争取。他们无法从父母那里得到爱和关注，于是寄希望于我，一个看起来大一些的孩子。可我是怎么做的？我享受他们的付出，享受他们为换取没有结果的爱而做出的卑微姿态。我甚至教唆他们学习地道的成都市区方言，而不是离成都 25 公里远的这里说的郊区口音，而我也从没觉得享受这些稚嫩虔诚的爱有什么过错。直到有一天，我在学校待了三个月后，在入冬前回到工厂向母亲索要生活费。那一天，一场季节分野的大风起于山川，成都西郊的天空泛黄，灰尘和落叶飞舞，像死灰在大风中复燃。

大风中，我推开工厂的铁门，橘树、厂房、破损的石棉瓦、掉灰的砖，还有被锯掉的窗框里，那台没有接入电源的电视机像一张噬人的血盆大口。窗框下，有一排歪歪倒倒的黑色大字——

"大姐什么时候回来？"

稚嫩的字迹，霎时成了一面镜子。镜子里是流水和绿意丰盛的世界，是彩虹和光明的世界。就是那一瞬间，我身体中的血液开始涌动，骨骸间形成一阵阵的浪，浪层迭起，从眼眶里钻了出来。那一刻，我想起了大河山岭的小四，那个给我送来皮蛋、味精和面条的少年小四。离开大河山岭那天，他来送我，我催促他赶紧离开，因为，我要独自庆祝步入新世界的狂喜。想起他，我哭得更凶了。孩子们闻着我的哭声跑来，他们高喊着："大姐！是大姐回来了！是大姐回来了！"声音错落起伏，像层层叠叠的浪中，前行轮船的鸣笛声。清亮高昂的声音，会传得很远很远。

发现我在哭，他们有人拍着我的肩膀，有人把零食塞进我的手里，如果我不拿着，他们就捏住我的手，用力包裹住我，把力量传进我的手心。

好吧，孩子们没有来安慰我。

发现我在大哭，他们就站在离我几米远的地方，不知所措。我知道，他们的心在颤抖，他们想靠我近一些，安慰他们的大姐，可他们不会这么做。因为，他们把时间都用在去分辨命运的阻碍上了，却从未有人教过他们如何冲破语言，去表达这些。

也许，就在那一刻，在这些纯真童稚又笨拙的少年面前，我的意识产生过片刻的觉醒，仿佛就在那一刻，我看到了我们都会步入一场老无所依的劫难中。等那一天到来的时候，我们身躯苍老，四处飘零的子女不愿意陪伴，我们没有钱财，没有食物，甚至没有人愿意靠近我们。等我们死了，会成为骨骸，带着一生悲默的痕迹，悬浮在大地之上，随着大风的路径，游荡在山涧，成为亡魂。

那天，我从这间石棉瓦房出逃了。离开时，我为自己取了一个新名字——练明乔。

从此以后，我的记忆，就分区了，一边装着丽娇的原貌，另一边，装着明乔几经粉饰的太平。

> “我的家人。
> 他们离开成都了。”

石棉瓦房的生活记忆，像电影片段那样，在小河铁锈般的腥味中，向我袭来，而当我的摩托车停在工厂门口时，那辆卡车也在工厂门前停了下来。

突然，我的心口就像被塞下了一块铁，感到哽咽。

五年前，我从这间石棉瓦房逃离后，便以为自己掌握了生活的权利，那之后，我每一次见到它，都会觉得它比上一次更衰败了。我忍不住想，人群的收容之地是不是也和人本身一样，是有生命极限的。

我推开那扇红色大铁门，先看见的人是我的母亲，她站立在场坝中央，肥硕的身体像一座光秃秃的山，只差一点就能把那棵橘树完全挡住。橘树，我的橘树，母亲竟然在指使着工人们挖掘我的橘树！

“你干什么？”我赶忙放下手里的行李，质问她。

母亲闻声转过头来，但她只是瞥了我一眼，又继续使唤着人们挖掘橘树。一旁，父亲在清点大件物品，他甚至都没有看见我，倒是坐在长木凳上的奶奶大喊道：“丽娇！”

“丽娇回来了，我的大孙女回来了！”她的声音很大，引起了工厂里每一个人的注意。

“嗨呀！合适得很，今天搬厂，我的大孙女就回来了。”她小跑着朝我奔来，拉住我的手，很用力。我的掌心传来熟悉的触感，那是皮肤触碰到她的老茧时的感觉。

我紧紧拽着奶奶的手，用大拇指反复摩挲她的手心。

“什么？搬厂？”虽然我听得真切，但还是忍不住问道。

“对头啊，我们要回去了，要回家了，你不晓得啊！”

我用力摇头。

回去？回哪里？大河山岭？我当然不知道！我和这间石棉瓦房的人，已经半年没有联系过了。

奶奶告诉我，这间工厂的工人们几乎都走了，孩子也只剩下了我和妹妹。母亲的计划是，今天完成对工厂的清点，把东西装上那辆大卡车，明天一早便启程回大河山岭。

“出来十几年，终于要回去了。”奶奶拉着我的手，高兴得就快要跳起来。

“嗯。”我半靠着红砖墙回应奶奶，感到一股莫名其妙的失落。事实上，我也不知道那是不是失落，总而言之，这座我曾极力想摆脱的工厂，它真的就要消失了。

“对，十三年。”我牵着奶奶的手坐下来。

我为她的高兴而高兴，不然的话，我会去质问母亲为什么要在这个时候离开，为什么我不知道他们要回大河山岭的事。

“丽娇啊，”奶奶叫我，“你回去了，北京的工作咋办啊？”

我曾告诉奶奶我在北京做摄影师，但她不知道摄影师是干什么的。我告诉她，就像电视台的记者，这是最接近她认知范畴的职业，而她也很骄傲自己的孙女从事着与电视有关的工作。“电视”在她的世界里，带着神秘，带着荣誉。

“我不去，”我说，“我不回去。”

“不回去啊？那你住哪儿啊？”

“我回来工作，还有工作要做。”我不自觉地把简单的话重复了好几遍，因为我对这间即将撤空的工厂，以及他们要回大河山岭的消息，依然震惊不已。我当然知道，就像他们在千禧年从“金城”广州搬迁至此一样，这间距离成都市区25公里的石棉瓦工厂，也只是一个家庭的临时收容之地，没有任何人属于这里，会留在这里。

但我从未想到，他们会重返大河山岭，就在明天。

这时，穿着绿色背心的妹妹回来了，她骑着破损的电动车，后座上，还绑着一个巨大的西瓜。

“大姐。”

她费力地取下电动车把手上挂着的食物，招呼了我一声。

“大姐。”她走到我面前，又喊了一声，声音很大，爽朗利落，像鹅卵石碰撞的声音。

我伸出手，想要接过她提着的西瓜。

“没事。”她像一只螃蟹般，把身子横过去。“提得动。”她笑着说。妹妹已经18岁了，她比我高出一大截，身材纤瘦，皮肤白得发亮。她曾是工厂里的开心果，好像除了我母亲以外的每一个人，无论是工人还是邻里，甚至包括我，都对她喜欢极了。她就像工厂里的忘忧草，每一个人都能从她的笑里，从她皮囊透着的光里品尝到忘掉生活忧愁的快乐。当然，除了我的母亲。

最后的晚饭简单极了，但只要有八分肥的回锅肉，就是一顿好菜。屋里坐着奶奶、母亲、父亲、妹妹，还有我。奶奶欢天喜地，当然，她太想回大河山岭了。我的妹妹快速扒着自己面前的饭菜。我的母亲，她眉头紧锁，那眉间深深的沟壑里，像锁着一整片灰暗的云。还有我的父亲，他的脸上什么都没有，就好像，这是与往常并无二致的一天，而不是即将别离的一天。

但有一点，我们都各自沉默着，没有人说话。沉默的呼吸裹挟着回锅肉的香，在石棉瓦房闷热的空气中飘荡，被吸进肺里，又被吐出来，像逃不出去的魂。

深夜时，石棉瓦房才慢慢降温。我和妹妹睡在同一张木床上，她还穿着那件绿色的背心，光溜溜的背脊朝向我，额头紧紧抵着墙壁上贴的广告画。我想起十年前，我第一次来到这间工厂，见到她的时候，她很害羞，头垂得很低，脸红极了。对了，那天她穿的也是绿色的背心，她好像很喜欢绿色。我记得有一次，她站在桂花树林里，就在离我十米远的地方，我却没有发现她，因为，她还是穿着绿色的背心，衣服有些旧了，颜色泛开来后的绿，简直就和桂花林融为一体了，就好像，她也是这些桂花树中的一分子。

"大姐。"

突然，我听见了她的声音。她在说着些什么，但我早就望着她的背脊走了神，没有听清楚。

"嗯？"

"你说什么？"我问。

妹妹转过身来，面朝着我，我们靠得很近，额头靠着额头，她的皮肤有些烫，就好像要化成水，流进我的皮，我的脸里。

“我想跟你一起去。”我没有先听见她的声音，而是率先感受到了她的呼吸，与她滚烫的额头全然不同的冰冷呼吸。她是生病了吗？还是说，她的心里，藏着一片无人涉足的冰天雪地？

“你说什么？”

我听清楚了，但还是追问道。

“我……”

“我能跟你一起去吗？”她说。

很奇怪，差不多的两句话，她竟然用了两种截然不同的语气。就在刚刚，她的声音还像开玩笑般轻松，可现在既带着小心翼翼的请求，又带着层层包裹的伪饰。这种伪饰我太熟悉了，那是即使在请求被拒绝后，也能让自己显得满不在乎的防护膜。

工厂的忘忧草，桂花林中的“透明人”，这个曾被我一脚踢下床的妹妹，她善良，也因为自己的善良而麻烦着。我想起几年前，在成都汽车北站，过街天桥上，我母亲拽着妹妹的绿色背心，几乎是拖着她往前走。那一幕，被我刻进了心。那天，妹妹想施舍天桥上的乞丐，可衣兜里只有第二天的 20 元餐食费。她悄悄停留，想找路过的人换些零钱，一时没换到，耽误了半分钟。

就是这短短的半分钟，引爆了我们的母亲。等母亲意识到妹妹不在身边时，她立马变成了一团滚烫的火球，周围的空气也凝固成引线，每一口呼吸，每一个动作，都能迅速引爆她。

“一个都不省心！”母亲一边大骂着拨开人群，一边往回走。等她找到妹妹时，不由分说便死死地拽住妹妹的绿衣服。她扬起手臂，手臂内侧鼓起的脂肪颗粒像河滩上密布的鹅卵石，下一秒，巴掌就烙在了妹妹的脸上。

我之所以清清楚楚地记得这一幕，是因为同样在汽车北站，2003年6月1日，她也是这样，只用了一个巴掌，就击碎了我的梦和追随。

那一天，阳光明媚夺目，树叶闪耀，公路像草原般宽阔，人群像朝拜的圣徒，皮囊上的每一根汗毛都镶着闪闪发光的金。那是多么迷人的一天啊，那一天，我离开大河山岭，来到他们身边了。烈日下的成都，拥挤的车站里，我为自己即将摆脱被遗留在大河山岭的“废品身份”感到狂喜。我的心是高贵的。

我终于要和我崇拜的母亲，早已离开大河山岭的奶奶，只在小时候见过几次的妹妹，还有我的父亲一起生活了。寻金时代的浪潮让我们一家几经分别，我的母亲曾向我许诺，只要我再优秀些，她就会来接我，让我和家人们一起生活。

虽然，我心里会悄悄感到失败，偶尔会觉得自己像一个不被需要的废品，但我相信我的母亲，她有着我所崇拜的“伟大”，而我也不许自己成为所爱之人的累赘。

果然，她没有失信于我，就在2003年6月1日，我拿到了一张去往成都的长途汽车票。

那张小小的车票被我紧紧地攥在手里，就像是攥着一件了不得的珍宝。它当然是我的珍宝。乘上那辆从大河山岭开往成都的大巴车，我就成了手持钥匙，要亲自开启藏宝阁的人了。

只不过，狂喜欢庆中的少年根本就不相信逐步前行寻找珍宝的路，也是一段碾碎珍宝的路。

我的母亲，曾经美丽又勇敢的母亲，她长得多么好看啊，眉目坚毅，誓不妥协的劲头，像草原上带着原始生命力量的蒙古人。

黝黑茂密的头发像茵茵的草，壮硕有力的身体像绵延的山，我喜欢她穿着黑色西服套装，踩着高跟鞋的样子，就像钉着蹄铁的马，每一步都有坚定的回音。

可在车站重逢的那天，她身躯肥胖，皮肤像肮脏的墙，呼吸沉闷、目光灰暗。她拨开人群，朝我走来的每一个动作都十分吃力，每挪动一步，都像消耗了一部分的生命。

我心痛了。我的母亲都经历了什么？怎么只是三年不见，她就像经历了一场长达三十年的变迁？

可就在下一秒，我的心痛和无措，就被母亲挥起的一巴掌，击碎了。

“到处钻！到处钻！找都找不到！”她面孔狰狞，朝我大吼。那熟悉又久违的声音，像烈日中突降的冰。

“我没考上北京的大学，暑假后，我就要一个人在成都了。”妹妹又说。

这一次，她的声音颤抖着，每吐出一个字都要抽泣一下，再倒吸一口气，才能将一整句话说完。

我想起，是我告诉妹妹，如果她考上了北京的大学，就可以和我一起生活。我什么时候说的？我忘了，但我的确这么说过。

“我不想一个人在成都。”妹妹接着说，声音从喉咙和鼻腔里挤出来，有些变音了。

就在千禧年，在我的母亲把奶奶带离大河山岭的前夜，我悄悄爬上了父母的床尾。在那一夜的梦里，我趴在河边，死死抱住父亲的腿不放，声声哀求他们留下来。至少，留下一个，不要丢下我一人。我哭着醒了过来，我看见，父亲已经坐了起来。他望着我，但我不知道他这样看着我多久了。我感到委屈和难堪，大哭着朝奶奶的床逃回去。

而今天，面对妹妹的请求时，我的喉咙里好像卡着一块生了锈的铁，吞不下去，也吐不出来。我想抱住她，用力地抱住她，但我的身躯僵硬，那块铁已经融进了全身，代替了我的血肉，成了我的骨头。

我感到愧疚，心里充满了冰冷又僵硬的愧疚。我想告诉她，我可以吃一切能填饱肚子的食物，可以睡在任何简陋的地方，但我不能让你和我一起这么做。可我什么都没有说。

渐渐地，哭声停止了，她睡着了，这间石棉瓦工厂的忘忧草睡着了。

我注视着。我在看什么呢？黑夜静悄悄的，什么都看不见。

但我听见了老鼠跑动的声音，听见了大风吹动树木的声音。我在心里喊道：你能听见我难以言说的爱和愧疚吗？能看到我像铁块般僵硬的爱和愧疚吗？

也许我也哭了，因为我自己都听不见答案。

第二天，天刚刚亮，工厂一头就响起了角磨机规律的声音。

在床上数佛珠的奶奶说，这是我的父母，以及那些在这间工厂生活过的人，对这容身之处的告别。不一会儿，母亲开始一间房一间房地做着清点，妹妹在煮面条，曾经热闹的露天灶台只剩下最后的一口锅了。

我靠在满载的卡车边，目睹这一场即将发生的别离，说不清楚那一刻我心里的感受，太矛盾了，既像是冷冰的解脱，又像是酸楚的遗憾，还有着丁点不舍以及未解的愤怒——若不是回成都办理德国签证，我根本就不知道他们又要离开了。

就在这时，父亲朝我走来。

我立马绷直了身体，紧张极了。我的父亲，他是一个对谁都温和有礼的人，也是这间工厂里最受欢迎的人。他偶尔会跟工人们开一些得体的玩笑，也会替他们处理麻烦和纠纷，但面对这间工厂的暴戾时，他半躺在床上，一下又一下地，沉默又僵硬地按着手里的遥控器，好像这笨拙机械的小动作，可以让他从争吵中抽离出来。我对此感到过失望。我也不知道自己在失望什么，但我觉得，他不该那么做。

而现在，我想，若是他试图阻止我什么，我就骑上摩托车，先一步离开这里。

可父亲只是从衣兜里，掏出了几张纸币。

“路上用。”他说着，把钱塞进我衣服的口袋。

是欧元，几张面额五百的欧元。钱新极了，纸币的边缘像刀。

“装好，好几万块钱呢！”他说。

“半台车。”他又说。

我想起奶奶告诉我，年初时父亲买了一辆车。买车前夜，父亲紧张极了，像个孩子一样，围着工厂院子中那棵橘树，绕着圈圈踱步。得到所爱之物的欢愉，让他慌到没有办法睡去。

我的父母亲，他们的时代，已经离开了。

现在，他们不会使用电子设备，不会在手机上输入文字，甚至，跟同龄人去城里的歌厅时，也感到拘谨和慌张，因为他们不知道该如何操作那台有触摸屏的点歌机，而他们掩饰自己慌张无措的办法是：假装自己不喜欢唱歌。

由此，我的脑海里出现了父亲趴在银行柜台前的画面。我看见他将厚厚的一摞人民币交给柜台员工。他用带着层层伪装的请求声，轻轻说道："请帮我换一些钱。"

柜员头也没抬，问道："换什么钱呀？"

没想到，一个简单的问题把我父亲问倒了。

"我的女儿要去伊斯坦布尔，给她换。"他假意轻松地大笑道。

"换不了，只换国际货币。"柜台员工将那厚厚的一摞钱推了回来，冷冷地说。

"啊，对，对，就是国际货币。"他立马改口，掩饰他对银行不换取小币种的无知。

想到这里，我心痛了。我将衣兜里的钱掏出来，还给父亲。

"去银行换回来吧，汇率跌了就可惜了。"我说，"我有钱。"说完，我转身朝屋里走去。

的确，我不需要他们的钱。我的意思是，他们比我更需要它。

上午 11 点，他们要出发了。

那辆大卡车被装得满满当当：锅盆里装着碗碟，大件里塞着小件，每一个空隙都不放过。这些在成都十年生活中积攒下的物件，每一样都带有时间的痕迹。包括那棵橘树，它被连根铲起，根部连带的黄泥被尼龙口袋裹起来，倒在卡车尾部，要带着这副凄凄惨惨的可怜样离开了。

妹妹趴在车窗上，忘忧草在此时此刻也陷入了沉默。

只有奶奶，她兴高采烈地摇开车窗，两只手都伸出来，朝我大喊："走了啊，丽娇，我们走了！"

我挥挥手："走吧。"

满载的卡车离开了，这间轰隆隆地响了十几年的工厂，也真正寂寞了下来。

我站在场坝中央，望着那棵橘树被挖起的地方，那里留下一个巨大的洞，泥洞里有些残根，还是鲜活的，弯弯曲曲的样子，像被挖断的蚯蚓。突然，我就对这棵被挖走的橘树产生了怜悯。我想，生在这间破败的工厂，十几年与脏污和灰尘为伍，它已经接受了，可现在，它又要被连根拔起，去到一片全然陌生的土里。

就命运来说，它从来都没得可选。

"他们走了。"以往我会顾及时差，从不在白天给陆远发消息，但今天，我有很多话想说。

"谁？"一如既往，他很快回复了。

"我的家人。他们离开成都了。"

"去哪里了？"

"回家，大河山岭。"

"你呢？"

"来找你。"我说。

陌路相伴

全世界的人都在高歌自己的伟大，
只有他，在塑造自己的荒谬。

> “一个四川男人，年纪不小，
> 他要去德国，也是骑摩托车去。”

我承认，我很介意他们回大河山岭了。

我一边向边城塔克什肯前行，一边忍不住地想，时隔多年，再回大河山岭，他们会如何面对那片山岭，那条大河呢？我想起了小四。今年我们就二十三岁了，不知道他现在有没有变样，也许他结婚了，还有了一两个孩子。这都不重要，重要的是，我希望漂亮的小四过上了新的生活，最好是摆脱了那些屈辱戏弄的新生活。我呢？我是大河山岭的逃亡者吧。

在大河山岭，那些和我一起长大的女孩，大多在初高中毕业后，就要去父母或者亲戚打工的工厂，替家里挣钱，贴补贫穷生活的窟窿了。她们不到二十岁，就开始熬了。熬什么呢？她们要熬着，要找一个年纪相当的男孩嫁掉，然后一起熬着，再生一个孩子，最好是儿子。

这是大河山岭父母祖辈们坚守的生活信仰，也是规则。

现在，我离开大河山岭十年，离开北京58天，离开成都那间石棉瓦房，也有一个半月了。

这一个半月里，我向北行驶，试图从满洲里出境，进入俄罗斯东部。但辗转来到满洲里后才得知，驾驶摩托车离境需要缴纳10万元人民币的押金。我才意识到自己没有提前做好准备，没有能力迎接计划之外的变化。也就是，我没那么多钱。

我不在意。我是说，对那些摸爬滚打了很多年的人来讲，钱的确是打开世界大门的唯一钥匙，可对一无所有的年轻人来讲，他本身就是一把万能钥匙，而他要做的，是选好自己的大门。

在满洲里一间廉价的旅馆中，我扒着地图，将中国西北部的边境口岸圈出来，再一一对比筛选。这一次，我的最终目的是：结合现实情况，顺利出境。而在排除了西藏、内蒙古，以及新疆西南部的口岸后，只剩下三个符合我的标准。它们分别是新疆西北部的塔城、北部的吉木乃，以及东北部的塔克什肯，通向蒙古国。

几经筛选比对后，我决定西行新疆，去塔克什肯。

2013年了，工业文明的发展，让世上几乎不存在真正意义上的冒险。当然，即便是今天，也不乏刻意与工业保持距离，挑战原始疆域的冒险者。可我，一个骑着摩托车沿公路前行的年轻人，虽谈不上钱财富足，但还算有充足的补给、防御寒冷的装备、便捷的数码通信设施，总而言之，是借助工业文明的发展，将自己从内到外包裹严实的人。我不能高扛“冒险”的旗帜，那既是对自己的轻视，也是对自然和冒险的轻视。

我称自己为去往新世界的少年。现在，我的身份是一位退役的拳击手，我要去伊斯坦布尔，但我得先去一趟德国科隆，因为我要奔赴一份遥远的爱，虽然是未知的，但未知才能成为奔赴的理由。而我的交通工具是一辆弯梁摩托车，排量250毫升，身躯像牛，健硕可靠，甚至根本就不需要你额外照料它什么，几升汽油就能让它踏踏实实地走上几百公里，毫无怨言。更何况，它的售价不高，那些进口车的单个配件，兴许都比它贵。我也觉得昂贵的车辆带着额外的荣耀，可拥这份荣耀代价太大了。匹配，才是当下最优的选择。

我把摄影器材箱改造了一番后，它们就成了行李边箱，挂在车体两侧。现在，它们被装得满满当当，吃穿住用，一切都可以装进去，就好像一个人的生活所需被浓缩，或者说，一个人的生活所需也不过如此。也许工业的发展，让选择变多的同时，也或多或少迷惑了大家，让人们总觉得自己需要更多，才能跟得上时间的变化，前行的步伐。总而言之，公路和前行，没什么值得我担心的。

就在我离开满洲里，动身朝塔克什肯前行那天，我收到了一条信息。

是一个叫庞磊森的人，他通过网络联系了我。他告诉我，自己正驾驶着摩托车前来满洲里，目的地是德国，希望与我结伴。我没有把他的信息放在心上，不仅是因为说说而已的人太多，更是因为，除了陆远外，我不觉得自己需要同伴。

但我还是礼貌地回复他："我改道新疆了，如果想结伴，来塔克什肯找我。”

“阿尔泰山南部，与蒙古接壤的边城。”我在信息里补充道。

我为什么不拒绝他呢？我不知道，可能，那也是“礼数”的一种吧。

不过，后来我没有再收到他的来信，可我却开始不由自主地幻想起了他的身份、他的样子，或者他若是真的出现，会是在什么样的场景中。有时候，高速行驶在公路上，我还会多加注意那些骑着摩托车的男人，会想着，这其中是不是有他。

辗转 10000 公里，离开北京 58 天后，我才来到阿尔泰山南部。

边城塔克什肯外，蓝色的路牌上写着：塔克什肯口岸，右转，200 公里。

眼下，荒漠中娑罗丛丛，乌鸦是静止的，它们有的栖息在娑罗丛中，有的趴在荒漠的石块上，像落入人间的符号——像一个个逗号。远处，荒蛮的群山很清晰，看上去离得不远。

在没有建筑和高大植物遮挡的荒漠中，气候的变化是肆意野蛮的。此时此刻，龙卷风裹挟着拧成一股的沙石，在荒漠的半空跳舞。

正午，巨大的路牌遮出一块阴凉，我就地坐下，路牌的背阳面写着：野马泉，左转，6 公里。

我一边咀嚼着手里的馒头，一边想，在这荒蛮之地生活得久了，会不会像海边的人向往高山、轮船上的人向往陆地一样，也向往我那大河山岭的绿意温柔呢？就好像，当人们得知我要骑着摩托车，途经科隆，去往伊斯坦布尔时，他们的眼睛就会发光。说起来，公路之旅，或者四处飘荡的生活从没像今天这样热闹过。

“去广阔自由的世界中冒险”，成了今天年轻人心里一面高扬的旗帜，人人都想逃离城市，来到这里，这无边无垠的广阔世界。

坦白来说，此时此刻，我有些难以言说的失落。我来到公路上，来到了人们向往的广阔世界，远离了平原、村庄、森林，来到这没有边际的戈壁时，却像一条离开了河流的鱼一样，有一种被荒漠烤焦的窒息。可我无法告诉人们，我也在心里羡慕他们有温暖的房子，有奋斗拼搏的生活。

当然，我年轻傲慢，也不见得真的羡慕谁。但他们大可不必对我露出向往的神色。毕竟，我可不是他们想象中那种云游四方的“侠客”，更不是勇敢无畏的冒险者。

我又往嘴里塞了一大把花生米。嘴里填得很满，嚼碎后的花生屑搅拌着唾液，填满了我的口腔。我喜欢吃东西，因为在原地不动的困惑中，这是唯一一种让我有事可做的排解。

所以，也许我就是一个在城市生活中找不到自己的价值，也没有自己位置的年轻人。促使我骑上一辆摩托车远行的，不是探索和挑战，而是为了逃离。毕竟，只要我坐上车，开始前行，“驾驶”就是我的位置，也是我的价值。

想到这些时，我听见了一阵发动机规律的响声。

我抬起头来，笔直的公路尽头，一辆摩托车正顶着烈日，在群鸦嘶鸣的伴奏中，穿过丛丛娑罗，一点点向我驶近。我望着它，就像望着一阵呼啸而过的风，以为它会卷起沙尘，挥扬而去，没想到它停下来了，就在我不远处。

驶来的摩托车，是一辆破旧的弯把太子车，刹车不太灵敏，一双破旧的运动鞋拖在地面，和沙石一番作战后，车才总算停稳。

来人揭开半面头盔，还来不及看清他的样子，车尾卷起的沙尘就将他淹没了。

“阿乔！”

突然，那人竟然大喊我的名字，话音里还带着极重的四川口音。

待那沙尘落地后，他才完全取下头盔，头发被头盔压得紧贴头皮，油乎乎的，像一顶帽子。

他挺直了脊背。

“阿乔，是我啊。”

见我没回应，他取下手上的棉线手套，用力地拍了拍绿色外套。

噗噗两声，面料里沉积已久的灰尘被掸了出来。

“是我啊！庞磊森。”

庞磊森？

我这才突然想起，这就是一个月前来信，说要和我结伴去德国的人——庞磊森。

是他？他真的出现了？一瞬间，我竟然意外和惊喜极了，一颗心怦怦地跳，就快要跳到了喉咙口。像是习以为常的生活中，突然出现了一些新鲜的、非常的、期许已久的礼物。

可我什么都没说，而是打量着他。

庞磊森？我在心里默念他的名字。我看到，他的脸很圆，不过年纪有些大了，脸上的皮耷拉着，像跑了气的皮球，抵抗不过地心引力。而他的皮肤，已被荒漠的烈日烤得发紫，简直就成了茄子皮。他的鼻头很大，毛孔里也沾满了灰，风尘仆仆的样子是狼狈的，也可怜极了。

紧接着，我就被他的眼睛吸引了。

天哪，怎么会有人有这样的眼睛？一边的瞳孔是褐色的，另一边却像喜欢佩戴隐形眼镜的年轻人一样，有灰白色的眼珠。

我提醒自己不要太关注他的眼睛。毕竟，对有的人来说，关注他们不同常人的身体构造，也是某种意义上的侵犯。

“啊，你好。”我简单地打招呼。我没有告诉他，他的到来给我带来了喜悦。坦白说，我太讨厌生活中那些急于表达的声音了。特别是年轻的男孩女孩们，无论是出于工作需要，还是因为所谓的礼仪，他们总巴不得在交往的第一时间就让陌生人知道自己是热情、善良并喜欢对方的，像战争中没有立场的人，只是为了让自己看起来更像容易赢的那一方。

“啊，对，你好，没有想到会在这里遇见你。”他说着，下车朝我走过来，“我以为你已经到塔克什肯了。”他伸出手来，我只捏住了他的指尖。

“对。”我说。

他叉着腰，四下环顾。“新疆天高云阔，地盘大，人烟少，物产丰富，无论从哪个角度讲都是个好地方，就是风太大了。”他说。

我点点头。

“对，风太大路就不好走了。”我说，但我心里想的，还是他的那双两色的眼睛。

他转过身去，从摩托车仪表盘的位置掏出半张饼，撕开，递给我一半。

我注意到，他那辆弯把太子车的仪表盘上，还安置了一个真正的盘子，一个铝质的托盘。托盘里放着几颗熟透变形的李子，一整张馕饼，半瓶矿泉水。固定托盘的，是托盘两侧生锈的铁丝。

我摆手拒绝，我刚刚才吃了很多花生米。随即，我们之间的拘谨便掩盖不住了。当然，更多的是我在面对陌生的他时，难以解放的拘谨。

“走吧，去塔克什肯。”

我说。

在边城塔克什肯的旧旅馆住下，已是夜幕低垂了。

阿尔泰山南部，四周的山是荒蛮凌厉的，像被刀切开了一般。空气中，沙是飞成了线的，公路是泥，歇息的牛羊代替了车。

塔克什肯，哈萨克族人和蒙古族人都住在这里，太阳还没真正落下，却已是晚上8点了。此时此刻，空气中弥漫着清水羊肉的香。路口，有小孩骑着小轮自行车，一圈一圈地围着路边的泥塘嬉戏。蒙古族人老式的蓝灰色大卡车满载着货物，就等在路边，待次日口岸开启。荒蛮的阿尔泰边城竟有如此蓬勃的生命力，这让我上一秒还倦怠的心，有了新的欢喜。

或者说，这样的欢喜来自那个有着双色眼睛的男人，庞磊森。

夜里，庞磊森想向我了解摩托车出关的手续，我告诉他，在来塔克什肯的路上，我已经和边境工作人员联系过了。工作人员告知我，在塔克什肯，从未有驾驶摩托车去往蒙古的先例，所以他们也不知道怎么办更好，建议我先到这里，再做盘算。带着问题解决问题，显而易见，这是最好的办法。

不过，我有预感，我会等来好结果。

在旅馆住下的第一夜，我给陆远发消息，把遇见庞磊森的事告诉了他。

“一个四川男人，年纪不小，他要去德国，也是骑摩托车去。”

“是吗？？？”他很快就回复了。

“公路是个无边的江湖，可泊者居多，同路难寻啊！你真幸运。”他又补充道。

陆远说得对，这几年来，公路上从来不乏各种各样的旅行者，但各自漂泊的居多。庞磊森的到来让他放宽了心。在陆远看来，虽然我风风火火，好似一切都能迎刃而解，可公路漫漫，有人比肩共行，就像房子多了一面墙，生命多了一种可能性。

同样感到宽心的，还有我的母亲。

那天傍晚她打来了一个电话，竟然告诉我，她已经办理好了欧洲旅行签证，打算来塔克什肯，要和我一起去德国！

什么？来塔克什肯？她不是回大河山岭了吗？这发的什么疯？唱的哪出戏？我在心里骂道。

就像为了解决一个麻烦似的，我立马将庞磊森在我身边的事告诉了她。

“我有同伴了，我不是一个人。”我说。为了让她相信，我还让庞磊森和她通话。

挂掉那通电话后，母亲没有再提来塔克什肯，或者要跟我一起去德国的疯话。

就此，我对庞磊森产生了一点感激。当然，这是没有必要显露的感激。

解决了母亲带来的麻烦后，塔克什肯的漫长等待，开始了。

每天上午 11 点，我会准时打电话给海关人员，询问摩托车出境手续的进展。电话里，常和我联系的那位海关工作人员回复我：“的确不知道如何为一辆不是货物的摩托车办理手续，再等等。”

再等等，再等等，一个星期以来，他总是这么回复我。今天，他还多问了我一句："为什么非要骑着摩托车远行呢？如果遇到手续上的困难，把摩托车运回家，再像大部分旅行者那样乘车前往，合理安排，不也一样吗？"

"旅途嘛，不就是图个开心吗？又不是打仗，非要带着武器，争个输赢。"他说。

我在电话这边频频点头，就好像这个动作也能隔着电波被他看见似的，但事实上，他简单的问题却让我不知所措。我无法告诉他，现在，这辆摩托车是我为自己挑选的"容身之所"，是我在这个世界的"临时庇护所"，只有在它的陪伴下，我才能把时间花掉。如果我买一张机票，乘坐飞机去科隆或者伊斯坦布尔的话，我就会变得暗淡无光，特别是，我会在陆远面前，变得暗淡无光。

陆远是个好看极了的人，虽然我不知道他从事什么工作，过着什么生活。我只见过他一次，可就是那一次，我感到了不匹配的微小和难堪。陆远，就像绿色的山涧里，温柔夺目的光。

除了追随，还有什么能让不匹配的仰望变成相当呢？没有了，只有前行奔赴，只有漫漫长路的追随。

不过，这些理由都太弯弯绕绕了。人的时间宝贵，他们并不在乎这些。

"摩托车能让我在慢慢前行中，看到更多的自然变化和风土人情。漫长的路，能够带给我很多的知识和见解。"最后，我这么告诉那位工作人员。

电话那头传来了轻叹声，似乎是在认可我从别处剽窃来的答案。

"冒昧问一句，您是做什么的呢？"电话那头，他又问道。

我？“我是个退役的拳击手。”几乎不假思索，我脱口而出。

拳击手？这个突然降临的身份具备一种天然的保护色，既不会让人同情也不会让人轻视我。同情、轻视，我为何这么在意这些？不过，我还是很开心这位工作人员这样问我。这意味着，因为一份等待办理的手续，我们变得熟络起来。这让我更为坚信，等待不是无用的，我就要离开了。

转眼，8 月到了。

现在，我已经离开北京 70 天了，却还在塔克什肯的一间旅馆中，等待海关为我带来好消息。

我在等什么呢？我为什么要等在这里呢？我难道没有选择的权利，或者做点什么的能力吗？我望向庞磊森，那个与我相处多日，却一直没有过多交集的同伴。

“我们做点什么吧？”我对他说。

他蹲在地上，别过头来，抬起眼皮，望着我，是那只灰色的眼睛。

我赶忙躲开他的目光。

“再这样等下去，阿尔泰山区中部就要下雪了。”我说。我可没有危言耸听。

阿尔泰山区中部每年 9 月就会下雪，还在满洲里时，我就了解过。

“能做什么呢？”他问。

这么多天来，我还是没有习惯他的口音，我不喜欢说普通话口音很重的人。

“至少我们应该去问一问，到底是哪个环节出现了问题。”

我说。

“一旦初雪落下来，这路可就走不了了。”我补充道。

等待让我的焦虑藏不住了。

可那位有着灰褐双色瞳孔的男人庞磊森，却平静极了，那全然不关心的样子，就好像他已经做好了在此留下来的准备。

他背着一个沾满灰尘的腰包，一身轻松地在边城漫步，漫不经心地欣赏城外的风景，悠闲得仿佛他的时间比我还要富裕。我的富裕是因为幼者无用，而他则是长者无求。

他五十五岁，也是四川人，原本从事电信工作，住在成都北部郊县，离成都市区只有 20 公里。他要去德国柏林。

这些都是他告诉我的，而在得知这些时，我产生过一瞬间的恐惧。世界上怎么会有这么两个年纪相差一整代的陌生人，在毫无商议的前提下，要以同一种方式远行？我们甚至几乎是从同一个地方出发的，又要朝同一个方向去！

这些是巧合吗？在中国，人们喜欢将这解释不清楚的东西，都一概划为缘分。可人要是相信缘分，就是一种懒惰。我的理解是，也许庞磊森，这个和我同样从成都出发，也要骑着摩托车去德国的中年男人，即便我们年纪相差悬殊，从未有过交集，但也许我们要面对的生活和矛盾，并没有什么不同。

我是说，也许他年过半百，却仍然没有在世界上找到自己的位置，以及价值。

不过，要说的是，他是一个谈吐温和的人。他很喜欢笑，嘴巴两角微微上挑，眼睛会顺势眯成一条小缝，微微点头。他说话的声音很轻，吐露每个字时，都十分平缓。他像静止不动的湖。

在很多时刻，他的平静成了我焦虑的抚顺剂，让我感到放松。最为重要的是，在他面前，我不必担心自己说错了什么惹得他发火，或者平白无故成了他人生活的出气筒。在这里，我们既是对彼此一无所知的陌生人，又是各自唯一有紧密联系的伙伴。同伴的心是亲密的，但又保持着一段未被逾越的距离，像两座隔空而望的山。

庞磊森从未显露出想要探寻我生活线索的好奇，而我也不会旁敲侧击地打听他的生活。例如他是谁，为什么要去德国，家里有什么人，担不担心他。但我会从他的行为、言谈，甚至他所携带的行李中，去窥视他的身份。

我看到，他很贫穷。

他的弯把太子车十分破旧，底部的排气管生锈严重，锈迹厚得好像马上就要把钢铁噬穿。他甚至没有安装结实些的行囊架，只在车尾挂了三个帆布驮包。就连这些驮包都像是临时被选中的。它们是帆布的，不防水，他就在包内贴上两层广告布。有一天，他打开驮包取东西，我看见那广告布的一角印着几个白色的大字："给自己的荒谬。"文字旁边，还印着一只眼睛。

我又想起了他的眼睛。实际上，我时时刻刻都想知道他那只眼睛到底怎么了。很明显，他不佩戴隐形眼镜，所以他是患了眼疾吗？那可不行！他在驾驶，怎么可以只有一只眼睛！

他一直穿着的那件深绿色冲锋外套，袖口已经磨得褪色了。他的鞋子，是一双变了形的网孔运动鞋，我记得那是千禧年才流行的款式。不得不提的，还有他头上那顶红色的半面头盔。从安全的角度来讲，那只是一顶塑料制成的帽子，不具备任何防护作用。最能体现他贫穷和窘迫的，是他的手套——一双棉线工作手套，机油、灰尘还有食物的残渣都藏在棉线的缝隙里。有时候，他将拇指退出手套，在一款老式的诺基亚按键手机上来回按着。

我喜欢窥视他人，却没那么关心别人的故事。可在塔克什肯，也不知道为什么，我竟然担心起来。

我指的是，若是我们离开了塔克什肯，进入阿尔泰山高地，北行西伯利亚，靠近北极圈行驶，他会步入自然的逆境，受尽身体的磨难和痛苦。

“庞磊森。”

有一天，他走在我前面，我忍不住叫他。

“你为什么要去德国啊？”

终于，我问出了口。

他停下步子，像是在等我靠近。

我小跑了两步，跑到他身边。

“你为什么要去德国？”我又问道。

他转过脸来。

我以为他要告诉我答案，再一次，我躲开了他的目光。

“你呢？”没有想到，他把我的问题压缩成两个字还给了我。

我笑了笑。

“年轻人嘛，不都想去见见世面吗。”我轻飘地说。

他挑了挑眉毛，动作很快，很轻，并且很快就恢复了原状，好像什么都没有听到。

他继续朝前走着，我望着他的身子，在边城的阳光里，像悬浮的幽灵一样游荡，突然间，我的脚底传来了一阵驾驶着风般的快乐，那快乐让我追着他，跟在他的身后。

从那以后，我每天跟着他，我们会在边城的街道中来回走着——说是街道，实际上就是相对密集一些的旧平房——走累了就在路边民居门前的石头上坐一坐，他拿出饼掰开，递上一半给我。我接受了他的馕饼。

馕饼咀嚼在嘴里，像在吃香香的树皮。

他突然说自己很喜欢新疆人做的这种硬邦邦、没什么味道的饼。

我说，是的，我也喜欢，但我喜欢的不是饼，而是吃东西这件事。吃什么都可以，我对食物没有好奇。

他猛地转过头来，表情有些惊讶，但很快又恢复了往常的平静。

“你觉得我说了一句废话？”我问。

他摇了摇头。

“没记错的话，你二十二岁。”

“马上二十三岁了，两个月后。”我纠正道。

他点点头。

“和我女儿差不多。”他说。

他的女儿？很惊讶，他竟然谈起了自己的生活。不仅如此，他还提起了家里的母亲，他说老母亲身体不错，然后就此打住。随即，他的话题便有意无意绕到了一些生活万物的哲学上，比如文明和野蛮的区别，人类语言的终极困境，等等。我开始听得有些费脑筋，或者完全听不懂了。

不过，他始终没有问过我的事情，一个字都没有问。

真讨厌。

终于，我忍不住告诉他，我是一位退役的拳击手。退役后平淡无澜的生活给我造成了困扰，我想要重新找到生活的激情，却发现自己什么都不会。失败感折磨着我。直到有一天，我找到了小时候的玩伴，一个年轻漂亮的男孩。他告诉我，他正在科隆生活。我就和他约定，去科隆看看他。然后我惊奇地发现，我可以骑摩托车去看他。这样的话，一段漫长奔赴所爱的路，无论最后的结果如何，都将成为我未来几十年的生活中，不会失色的美好回忆。

我还提起了我的母亲，我告诉他，我的母亲，也就是那天和他通过电话的女人，她可是个满世界旅行的华裔。我甚至在毫无知觉的情况下又说：我妈太有钱了，我有花不完的钱，但是，我想来体验这种贫穷简单的生活。

说完，我自己都吓了一跳。

我保证，我绝没有要为自己粉饰什么，只是，它们就像驻扎在我心底的声音，自己从我的喉咙里跑了出来！

我猛地转过头去，紧盯着庞磊森看。我想大笑着推搡他几下，然后用开玩笑的语气说：骗你的！我是个留守山岭的孩子。我的母亲，他们打了二十年的工，至今都没有过上向往的好日子。而我呢？我年轻，无用，也贫穷着。

可庞磊森只是笑笑，没有说什么。我有没有继续说下去的勇气。我对自己感到失望。

不过，奇妙的是，这一天后，我和庞磊森，像是两个交换了秘密的人，变得亲密了起来。

庞磊森喜欢在边城闲逛，我就跟在他身后。我喜欢在日落时，去爬边城外围的荒山。庞磊森对爬山没有兴趣，但他也会跟着我。

有时候，我会让他为我拍点儿照片，他不会拒绝。我把相机交给庞磊森，爬到高处后，我大喊着教他如何选取角度，才能让照片里的我看起来更像一位老道的登山者。我的喊声会被呼啸在山峦的风卷走，飞得很远很远。也有时，他会在山下等，如果天快黑了我还没下山，他就会在山下打着电筒，大喊我的名字。

上山前，他就跟我说：要跟着喊声，要找到下山的捷径。

我听从他的话。

而边城的人，都以为我们是一对父女。面对这样的误解，我们只是相视一笑，从不纠正。

我想，在某个特定的时刻，我们都享受过这样的误解。

> 弹弓做好了，我把它交到庞磊森手里，他张大了嘴。
> “礼物。防狼。”我说。

那位年轻的海关工作人员又给我打电话来了！

这一次，他在电话里恭喜我，以及我的同伴庞磊森。他说：你们等来了好的结果。

“可以准备汽油和补给品了。最好再为摩托车做一次全面保养，这几天出关手续应该可以下来了。”他说。

我挂掉了电话，依然没有回过神来。

我问庞磊森：“我们可以离开塔克什肯了？”

庞磊森点点头。

见我还是不敢相信，他又拍了拍我的肩膀。

“是的，我们可以一起去德国了。”

我尖叫起来。

我学着音乐剧里面的腔调，手舞足蹈地唱着《美丽的梭罗河》。甚至，我像一个捣蛋的小孩那样，对庞磊森做出挤眉弄眼的表情。

“庞磊森，庞磊森，我们可以去德国了，我们可以离开塔克什肯了，你开心吗？”我叫喊道。

“开心。”他说。

“快，快像我一样表达你的快乐，快，现在！”我拉着他的衣袖，催促道。

没想到，庞磊森一边摇头，一边避开我拉他的手。

“那些急速而来的东西也会急速而去，留下的空白啊，会成为巨大的、弥补不了的空，成为失落。”他说。

那一刻，我停下了。我震惊极了。我是说，我太喜欢他了。

从这些对话里，我听见了他是一个对自己有所要求和克制的人。是的，一个真正的怪人。虽然我也自认为是一个对自己有要求的人，但却完全无法和他相比。

平日里，我板着脸，走路时挺直肩膀，扬起下巴，但也只是在佯装威严。准确地说，我是在努力让一具年轻的身体，看上去更具备经受时间历练后的威严。就好像，只有老练一点儿，才能成为筹码，成为盔甲，成为壁垒。

“好！老庞，我告诉你，我不是一个拳击手。”我说。

“我没有富裕的母亲，没有光鲜的生活，我是个骗子！”我又喊道。

“你拍照片，在北京生活，家里有奶奶，妹妹，还有父母。你的成都话很标准，但你是大河山岭的人，并且，是个胆小鬼。”

他接过我的话说道。

我瞪大了眼睛。庞磊森是通过网络认识我的，而在网络上，没有人知道我来自哪里。

“衣服的款式再多，人的身体构造是不变的。知晓秘密的超能力，就是把眼睛分为两半，一半分辨什么是衣服，一半分辨什么是身体。”庞磊森说。

我再次目瞪口呆。

生活中，怎么会有这样的人？他神神道道的，就在你身边，有时一言不发，却洞晓一切。

我大笑，也只能大笑。

庞磊森也笑出声来，这很难得。我是第一次听见他的笑声。我想，现在，我们是真正的同伴了。

那天中午，我向庞磊森发出邀请，让他坐在我的摩托车后座上，他答应了。

我沿着边城的小河一直往西行驶，有时候我会从后视镜中看他，他会扬一扬脑袋，示意我看好路。

我拧紧了油门，在并不利于驾驶的路面上飞驰。

庞磊森会大喊一声：“慢点哈！”

我就会像捣乱的小孩那样，再拧大油门一些，加快前行的速度，丝毫不顾路面沙石遍布。有时候，轮胎会将石子弹开，河边饮水的马匹受到了惊吓，马蹄声、水花四溅声，都会为我们增添几分来自自然和生命的旋律。我也以这些声音为伴奏，有一句没一句地高唱我的《梭罗河》。

美丽的梭罗河，我为你歌唱！
你的光荣历史，我永远记在心上。
旱季来临，你轻轻流淌。
雨季时波涛滚滚，你流向远方。
你的源泉来自梭罗，
万重山送你一路前往。
滚滚的波涛流向远方，一直流入海洋。
你的历史就是一只船，
商人们乘船远航在美丽的河面上。

如果时间可以定格，那些同伴、高歌、快乐，以及盛放的画卷，就是人们向往的无边自由吧。

就在河边，那位海关人员又打来了电话。他告诉我：明天，你就可以离开了。

挂上电话后，我和庞磊森对视了几秒。我跳起来，尖叫着表达我的欢喜。我想，我要告诉他，我喜欢他这个骑着弯把太子车的老头，喜欢他成为我陌路相伴的同行者；我要告诉他，即便他知晓一切也没有关系，我愿意和他做很久很久的朋友。几十年后，要是他离世了，我就带着塔克什肯的饼去看他，如果我有孩子了，我会带着孩子一起。

既然我们已经是最好的同伴了，那我有必要向他袒露完全真实的我。我应该告诉他大河山岭的事，以及我将自己层层包裹后，才在北京获得的生活，甚至应该告诉他，我在那间石棉瓦房里教唆幼童的暴戾和罪责。

可这天下午，我们都太忙了。

添置补给用品，购买高热量食物，储备汽油，去市场买食材，日落前，还得帮旅馆老板一家收割草谷，这是昨天就和老板一家说好了的。

这些日子，旅馆老板一家已经和我们十分熟悉了。他们吃饭时，都会叫上我和庞磊森。

刚回到旅馆，我便忍不住将好消息告诉老板——一个胖女人。

“我们明天就要走了！明天就可以进入蒙古了！”我握着她的肩膀喊道。

“你们父女俩，可得小心点，蒙古的道路很差，况且，还有狼，凶恶的蒙古狼！”旅馆老板警惕地说道。

可她也没法说得更具体，因为，她对蒙古的了解也是从来往边城，会说点儿哈萨克语的蒙古商人那里得知的。

我让她不要担心。21 世纪的现代公路旅行，没有什么是应付不了的。

我相信这一套。

我告诉她，如果阿尔泰山下雪了，我会拦下路过的车辆，把摩托车搬上去，开到城市或者冰雪融化的地方。

我还向她展示了我和庞磊森绘制的地图，一张将网络上查阅到的路途信息，分别用中文、英文和斯拉夫文字标注在白色棉布上的地图。途经各地间的距离、地理环境，甚至在网络上能查到的所有加油站，各地大使馆的联系方式，必要的求助信息，应有尽有。

庞磊森喜欢我们的地图，他说，那几乎就是一张珍贵的藏宝图。

他的赞美，竟然让我有那么几次，在他的面前露出了撒娇和不讲理的样子。我会坐在旅馆的台阶边上，大声喊着庞磊森的名字，并举起剪刀喊道："快快快，快给乔乔剪头发哟。"这有点难以想象，毕竟在那间石棉瓦房里，我妹妹仰起头来，细声细语地问我能不能给她盛一碗汤汤时，我突然火冒三丈，因为她竟然在我面前说了叠字。

"喝汤就喝汤，喝什么汤汤！"我朝妹妹大吼。

想起这些和我母亲一样暴戾的行径，我就会颤抖。

就在我想方设法地掩盖母亲在我身上留下的命运气息时，她也因为我是一个无法给她带来光荣的女儿，感到丢脸。我们始终憎恶着对方，却又不放过对方。而我们囚禁对方的笼，结果竟然是我长成了她的样子。

"要是我妈有你一半好，我就不会是今天这样了。"傍晚时，我们在旅馆的草场收割，我把一把草谷扔给庞磊森，他十分熟练地把它垒在草垛上，叉着腰，抹着额头上的汗，开口问道：

"你妈怎么了？"

他这么一问，倒是把我问住了。我摇摇头，没有再说下去。

可就只是这两句话的工夫，塔克什肯变天了。

晚上7点，太阳还高挂着，蓝天也和白日一样，可云层却成了乌青色。云被大风撕开了，光从缝隙中落下来，一道道从天而降的光束，像朝着大地挥来的刀。

"走走走！"哈萨克族人喊道。

“下雨了，下雨了。”他们一边朝旅馆跑，一边喊。

下一秒，暴雨就来了。

我们冲回旅馆，慌慌忙忙地从行囊中翻出雨布，手忙脚乱地将摩托车遮盖起来后，才躲进屋里。窗外，大雨中的塔克什肯，矮矮的屋顶像被水罩上了一层透明的壳，阳光均匀地落在上面，像刚刚刷上的金色油漆。

雨可真大啊，哗啦啦地落着，一颗颗像爆炸的粒子，冲上了天，又极速下坠。每一粒都沾上了光，透着五彩的颜色。

“你出过国吗？”庞磊森脱下外套，用力地拧着。

我没有说话。

“如果明天能顺利出境的话，这是我第一次离开中国。”他说。

“大家都劝我，让我先去一些南亚国家，给空白的护照留下点痕迹，但那很蠢。谁都知道两点之间直线的距离是最近的，但人总是擅长弯弯绕绕，自作聪明地以为找到了更好的路。”他一口气说了这些，然后停下手里的动作望着我。

我低下头来。我没告诉他：是的，这也是我第一次离开中国。我也没什么兴趣弯弯绕绕，设计一些没用的旅程路线。我年轻，傲慢，并精明着。

庞磊森笑了起来。

“要是我女儿也像你这样的话，也许我就不会出现在这里了。”他说。说到这里，他顿了很久。

“迄今为止，除了你以外，一切都在我的设想中一一发生。的确，我没想到会遇见另一个骑摩托车去德国的人。”大概半分钟后，他又说道。

我把脸轻轻别开，我很紧张，我也不知道自己在紧张什么。

“阿乔，谢谢你。”他说。声音，好轻。

谢我？我转过头望着他。再一次，我被他的那只灰色的眼睛吸引了。

天哪，那只眼睛简直就像是吸铁石，一切都会被它黏住，紧紧地。

“如果没有遇见你，我不会这么安定，也不会这么坚定。”他说。

我倒吸了一口气。

这个庞磊森，怎么说的每一句话都正是我所想说的呢！这到底是怎么回事，他到底是谁？是人？还是巫术的化身？无论如何，只有老天知道，这边城塔克什肯的等待有多么磨人。要不是有庞磊森，也许我早就离开了。我是说也许。

这时，旅馆的哈萨克族人像突然又想起了什么，“哗”的一声拉开了我们身后的门，对话被切断了。

哈萨克族人问我们，是否准备好了应对狼群的武器。

我们一头雾水。

紧接着，哈萨克族人向我们形容了那些生活在阿尔泰山上的蒙古狼是如何凶野，更声情并茂地将他从蒙古商人那里听来的消息转述给我们。他警告道，阿尔泰山真的下雪了，就在今天下午这场大雨之前。这下，藏匿于阿尔泰山的狼群要觅食了。

“你们应该准备一些应对狼群的武器，例如鞭炮。”哈萨克族人说。

庞磊森望着我，我不以为意。

哈萨克族人所说的，是从讲着半吊子中文的蒙古人那里得来的信息。人的语言是不足为信的，特别是从他人的故事中“搬迁”而来的东西，抛开几分好意的忠告外，我更应该将它划为玩笑般的戏弄。

因为，几经渲染的臆想太多。

“我们沿着公路走，狼群不会靠近公路。”我说。

这一次，庞磊森却望向了窗外。

我这才注意到，就在几句话的工夫，雨已经停了。

那荒蛮群山的脊背上，竟然出现了一道彩虹。彩虹的光透过玻璃上的雨珠，折落到庞磊森的脸上。

此时此刻，庞磊森超越了俗世意义上的“好看”，他成了光，成了彩，成了虹。

“阿乔，野兽有它们的一套，我们还是不要轻视的好。”突然，庞磊森开腔了。

我注意到，这一刻，他温和不变的面孔上，透着从未降临过的严峻和冷漠。

“哈！”我用笑声掩饰着难以言说的，像是慌张的东西。我冲进旅馆的厨房，出来的时候，手里拿着菜刀。

“等我。”

说完，我朝屋外跑去，径直奔向草场边的一株小树，想都没想，也不用比对什么，挥起手来，就砍下了一段枝。

我想起摩托车的行囊里还有皮料和针线，都是离开北京时，金石从那间屋子里翻出来的东西。

那时，我还在心里取笑他让我带着这些无用之物，不过出于礼貌，我没有丢掉。

没想到，还派上了用场。

我动起手来，我要做的，是一把弹弓。

我从来没有做过弹弓。可小四说过，这人的脑子里，是装有汪洋的，人的手脚，只要顺着水流的方向动，自然而然，一切都会了。

大河山岭的小四，他从小就善于做一些稀奇古怪的东西，当然，他的原话更简单一些。

他说："没用的人，才会去学。"

那时他不过十岁，谁知道他是如何知道这些的呢。一想起小四，我心里便总是泛起无用的歉意。离开大河山岭那天，他来车站送我，我还记得他身着蓝色的短裤，光着膀子，瘦到能清晰地看见肋骨。

"在成都好好混，将来你罩我。"他说。

但我没有等他把话说完，就催促他赶紧回去。因为，如果再待久一点儿，他就会捕捉到我的心不在焉，看穿我根本就不在意这场分别。我即将奔赴一场在新世界中与家人团聚的狂喜。

我不再去想小四。

弹弓做好了，我把它交到庞磊森手里，他张大了嘴。

"礼物。防狼。"我说。

庞磊森在我面前大笑起来。很难准确描述他的笑声，像雷一般，当它响起来的时候，天和地的声音都要集结成线，为它所用。

"这是我收到过的最好的礼物。"他说着，用力地扶着我的肩膀。

听他这么说，我才想起自己并没有为陆远准备什么礼物。

我转身，朝旅馆外跑去。

"去哪儿？"身后传来庞磊森的喊声。

“天还没黑，我要再做一个，给陆远。”我回头喊道。

“就是那个在科隆生活的男孩。他是真的，我没有骗你。”我一边跑一边喊。

给陆远的弹弓被我收在摩托车行囊的底部，庞磊森则把他的弹弓装在衣服口袋里。第二天，我们就要离开塔克什肯了，但他见到哈萨克族人，就要拿出弹弓来炫耀一番。哈萨克族人也十分配合，纷纷夸赞他有一个聪明且手艺好的乖女儿。

他太喜欢我送给他的礼物了，从拿到它的那一刻开始，凶恶的蒙古狼就从他的顾虑中消失了。我想，因为一把弹弓，他世界的闸门，为我敞开了。人的亲密是在交换秘密中产生的，同样，毁灭亲密的刀，也藏在这里。

离开旅馆前，庞磊森收拾着自己的行囊，不知道为什么，他的身体里传来了鼓声，是人的心在博弈时，所产生的声音。随后，庞磊森从行囊中，取出了一沓厚厚的资料。

他拿着那一沓资料，朝我走来，将它们递给了我。

“是什么？”

“我的身份。”他说。

身份？我心有疑惑，赶忙翻开第一页。

《从〈心经〉的角度谈一谈人生不幸福的根源是什么》。

我对这个标题皱起了眉头，但我还是翻了下去。接下来，是密密麻麻的文字，我看了看，整整200多页。我有些难堪。我不看书，特别是文字，我记得，从我坐着箩筐进入学校那天，我就讨厌文字。

可庞磊森是我的朋友，陌路同行的伙伴，温柔的长辈，我不能太明显地拒绝，也不能告诉他，我对他的身份有兴趣，很愿意聆听他，但如果他让我从这些密密麻麻的文字里，去获取他身份的信息、故事，那就是折磨。

啊，对，从第一页的第一个字开始，我就读不下去了，这绝不是傲慢和轻视，而是文字对我而言，就像一块块斑点，我认识它们，每一个字都认识，但别说它们所携带的意义了，在我眼里，它们连区别都没有。

也许庞磊森感受到了我的勉强，他急忙拿起第二份文件递给我。

“不然，看一看这份吧？”他说。我注意到，此时此刻，他的声音带着与往常的平静不一样的慌。

《紫薇星人的转世》。

我有些迟疑，我想告诉他，你拿什么给我都没用，面对它们，我就是瞎子、聋子、哑巴。当然，我不会这么告诉他，也无法拒绝他。

我只能托着腮，皱着眉，假装认真地阅读。

“还有这一份。”再一次，庞磊森揭穿了我的伪装，又将另外两份资料递到我面前。

《蚂蚁和树的哲学》，以及《翡翠原石》。

“这些都是什么？”这一次，我先问道。

如果庞磊森能告诉我这些文字的意义，我就能在和他对谈时找到评价它们的关键词。接下来，我便能顺着他的解读，说出不会出错的看法，让他明白，我理解到了他想让我理解到的硬核。很多傲慢的机灵鬼都会这么做。他们用真诚的目光掩盖虚伪，微笑的和善里，藏着冷漠和粗鲁。人就是怪物，无论工业文明如何发展，也忘不了那一套又一套，无用却被频频使用的系统。

可没想到，面对我的简单提问，庞磊森下颚都绷紧了。

半晌，他才像做了一个艰难的决定似的，再次开口。这一次，他的神色严肃极了。

“阿乔，你知道紫薇星人吗？”

我皱起眉头。这一次，我并非假装思索，而是似乎明白他要告诉我什么了。

我摇头，并坚决地告诉他，我不知道紫薇星人的事，并且，我对超出科学和现实的一切都没有兴趣。

“科学？呵。”庞磊森打断我，苦笑一声。他把手臂搭在泛着油光的餐桌上，凑得我很近。他的声音低沉，像完完全全变了一个人。

“老庞？”我喊他。

“你怎么了？”

他望着我，眉头紧锁，下一秒，他的脑袋就落在了臂弯里。

他在臂弯里用力摇头。

“十七岁那年，我跟着父亲去登山，那是我第一次跟他出远门，可在那一天，他死了。不是意外，而是一种选择。我不知道，在那座高山上，是什么推了一位父亲一把，让他心甘情愿地跳了下去。人的问题，是不会消失的，它们会长成人的一部分——但不是力量的那部分，而是铁镣的那部分，我成了自己的囚徒。”

再过一夜，就连这低处的山谷也会被皑皑白雪覆盖。
平静的白雪之下，
藏着无数的危机，
像被包裹起来的人生，没有什么是致命的，
却又无处不存在着折磨。

如果说，中国境内的阿尔泰山脉是荒蛮的，那么，藏在蒙古西三省南部高纬度旱区的阿尔泰山脉，就是比荒蛮还要倒退一百年的“芜”。

用庞磊森的话说，自从我们离境中国后，就不再是远途的行者，而是随着摩托北行的车轮，拨开山间乱石，在混沌的天地中，闯破时间界限，回到了过去的人。

在这里，除了两台来自中国的摩托车外，代表着工业文明的痕迹，真正地消失无踪了。我们最后一次见到人，是昨天下午遇见的牧马人。说是牧马人，实际上他只有一匹马，一匹瘦弱得脊背像荒山山脊的棕色马。

我在他身边停车，问他冷不冷、饿不饿。他听不懂，只是站在我旁边，拘束地笑着。我拿出那张画在白布上的地图，指着巴彦乌列盖。

“巴彦乌列盖，你知道怎么走吗？”我用中文问道。

他看了看我手里的地图，然后指向浓雾深处。那一头，天是乌青色的，山被浓雾拦腰掩罩了起来，空中飘着零星碎雪，夹着冰冷的雨，我此刻的体感温度大约是0℃，很冷。

阿尔泰山下雪了。

我已经两天没有和庞磊森说一句话了。无论他说什么，我都干自己的事，就连眼珠子，也不会为了他的声音，转半分半点。沉默，是我为了与他有所区别而竖起的隔离。

我可不想再与他有什么关系。可这千百万年来，不动半分的阿尔泰山，却不允许我们俩，在它的眼皮底下，成为陌生人。

想要穿越蒙古西部，进入俄罗斯，就必须由南至北翻越阿尔泰山脉的最高峰苏泰雪山。苏泰雪山的海拔不高，但气候十分恶劣。这条穿行蒙古的路途，总里程不过 500 公里，可这不是平常的 500 公里。

在这里，车轮碾过的痕便是公路，在这荒蛮群山间，乱石像针，无论技术多么娴熟，摩托车轮都无法完全避开。更何况，再过一夜，就连这低处的山谷也会被皑皑白雪覆盖。500 公里，平静的白雪之下，藏着无数的危机，像被包裹起来的人生，没有什么是致命的，却又无处不存在着折磨。

摩托车，原本是稳健如黄牛般的伙伴，在这里却成了随时都会“坍塌下来”的钢铁大山。没有必要夸张什么，事实就是这样。现在已经下午 5 点了，这一天下来，我和庞磊森在乱石中前行了不足 70 公里，只有平地行驶速度的 1/10。也就是说，原本一天就可以走完的路，现在被拉长了数倍。

这让我意识到，我再次犯了错——我轻视了自然，忽略了变化。特别是，我忽略了环境发生变化时，原本所拥有的会成为累赘，成为无用。

例如我的摩托车。要它在阿尔泰山脚下的乱石中穿行，就像让一条鱼在沙漠游走般荒唐困难。它随时都会被车轮下的乱石绊倒。

行囊满载的摩托车太重了，只有与庞磊森合作，才能在湿滑的地上，把车抬起来。可现在，与庞磊森合作，简直就是比在这阿尔泰山前行，还要令我痛苦的折磨。

我，憎恶他。

我已经数不清楚，一天下来，这辆摩托车倒地多少次了。接下来，我要再一次把目光投向庞磊森，让他来帮助我。即便他也需要我的帮助，我们之间是对等的，可我，仍然忍不住内心的憎恶。

我望着身后不远处，正在一点点前行的庞磊森，喉咙里痒极了，就好像，有一千只蚂蚁争着抢着要钻出来。

“一无是处！”

终于，我低吼了一声。当然，他是听不见的。虽然我们间隔不过百米，但要等他把那辆愚笨的摩托车开到我面前，还得花好几分钟。

我就地坐下，身体还是有些疲倦，就干脆像那辆摩托车一样瘫了下去。此时此刻，阿尔泰山区的上空，积云压得很低，好像就在我的头顶，我的手边。

“阿乔，天黑前找得到牧民吗？”是庞磊森的声音。

我睁开眼睛，率先看到的，是庞磊森绿色冲锋衣的袖口，上面沾满了泥，已经湿透了。紧接着，我看到了他的脸，那张脸先被烈日烤焦，如今又暴露在阿尔泰山的严寒中，皮肤干裂，起着磨砂玻璃般的死皮。

我把脖子上的蓝围巾取下来，想要递给他。可下一秒，我就看到了他身后那辆弯把太子车，羞辱和愤怒又涌上了我的喉咙。

“送新思想和文明去欧洲”。

一排机器印刻，规整刺眼的红色大字，就贴在那辆弯把太子车的风挡玻璃前。虽然隔着一段距离，但那行红色的大字，仍像贴在我脸上似的，时时刻刻提醒着我庞磊森的真实身份——一个令人难堪的痴想者，一个让人羞耻的神经病。而在我无法阻止他将这排刺眼的中文大字贴上风挡玻璃时，我就决定：离他远点，最好是谁也不认识谁。

“马上又要下雪了。”他说。

我把围巾重新系回脖子上，不知道是系得太紧，还是因为别的什么，我突然感到窒息，只能喘着粗气，用力把冰冷的空气吸进肺里。也只有这样喘着气，我才能抑制内心的羞辱迸发，成为一场毫不留情的灾难。一场撕开语言的裂缝，毫不留情地辱骂奚落他人的恶毒之灾。

“神经病”，“疯子”，还有更多我不敢去想的侮辱，因为，我只要想到自己将一个疯子留在了身边，还在很多时刻，想把他当作最亲密的朋友，就感到难堪丢脸极了。

“转世紫薇星人，去欧洲传播哲学的文明使者”。这就是庞磊森温和皮囊之下藏着的另一个身份，一个疯子。

转世紫薇星人？对，就在我们离开塔克什肯那天，他告诉了我一切。

边城塔克什肯，最后的上午。

他坐在旅馆的床沿上，背朝着溅满污渍的玻璃窗户，荒漠边城正午的烈日从他稀疏的毛发间照过来，灰尘和皮屑浮游在半空。他抬起眼皮，一字一句地向我强调：“我知道你不信，一开始，我也和大多数人一样，高举着科学的旗帜，抵制超乎逻辑的事物。可这几十年，发生了太多令我不得不相信，我就是转世紫薇星人的事实。”

“阿乔，不是巧合，是事实。”他强调着，声音用力极了。

我站了起来，用尽可能满不在乎的神色告诉他：老庞，别说了，人人都有自己的秘密，毫无节制地袒露并非赤诚，而是等于在公众场合赤身裸体，会因为荒谬和不得体，成为醒目的靶心。每一个穿着衣服的人，都可以对你发起审判者的攻击。我还警告他，欢喜对于悲伤是一种攻击，热情对于胆怯是一种攻击，富有对于贫穷是一种攻击，解放对于囚禁也是一种攻击！

当然，我没有告诉他：你的坦诚对于我的包裹来说，也是一种攻击。

我想，如果他就此打住，我会在心里嘲笑他的荒谬，轻视他的疯癫，但这不会影响我们的“合作关系”。我是说，我们仍然可以成为陌路相伴，去往德国的人。

可是，在没有得到我认可的那一刻，他疯了。他一改往日的沉静，慌慌忙忙地说了更多，没有停下一场摇着坦诚的旗帜发起的攻击。

他告诉我，自己在父亲去世后的二十年间接触了哲学，原本日子也就这么平淡地过着，可突然有一天，他在网上看到了一则打破他半生沉默和等待的预言。预言来自一位年仅十岁，却被冠以天才之名的少年。

那少年说，有一位见证过原石陨落的东方人，将会在水泥开花的那一天启程，在历经高山、海洋、荒漠的磨难，穿越连绵起伏的罗多彼山后，来到文明的中心。他的到来，意味着固有的事物将被推翻，新的文明会重建。

人们问那人是谁，少年说：“我不能告诉你他是谁，但我可以告诉你他的身份——转世的紫薇星人，有着阴阳两面的紫薇星人。”

“阿乔，一开始我也不相信，但现在，我不得不相信，我就是‘他’，那个预言中转世的紫薇星人。”

紧接着，庞磊森再次向我讲起了他的父亲——那个在许多年前，因为一块翡翠原石而备受失败折磨的男人。

他纵身一跃后，一个家庭毁了。他的死亡，像在家里埋下了一座火山，每一个成员都是火山口。每一个人都在艰难地抑制着内心痛苦的岩浆迸发，他们试图以爱，以对家人的爱来约束抑制那翻滚的痛苦。可也正是这样的克制，造就了另一种意义上的毁灭，一种悄无声息，却绝望无边的毁灭。父亲死后，他们一家就好像集体变成了哑巴，失去了说话的能力，无论发生了什么，都没有办法用正常的声音，表达自己。

“我的女儿，她叫庞彩奇，多好听的名字啊，多么可爱的彩奇啊。”

说到这里，庞磊森哭了。“她才十三岁，生命原本充满了可能性，可她死了，再也没得可选了。”

说完这一句，庞磊森已是泣不成声。

我让他不要再说了，再次告诉他，我不想知道他的故事，我不想知道他命运的悲苦和磨难，我只想赶在下午过海关，离开塔克什肯。

“不，阿乔！你想知道！你窥视我，也窥视这个世界，不是因为你想盗取什么，而是在找你的规律，在找你的出路。出路只有一条，就是往上长，往你相信的光的方向长！这就是水泥开花。”

他说，他的父亲在老家门前种过一片白桦林。女儿死后，他的老母亲便将那片白桦林砍伐殆尽了。可砍伐仍不解她内心的痛，她雇了几个人，在已是光秃一片的土地上涂了厚厚的水泥，浇成了场坝。那之后，一家人便搬走了，去了离成都市区不远的郊县生活，十年间，再也没有回去过。

今年，他的老母亲似乎心事重重，他看出来了，便雇了一辆车，就在清明时，带着老母亲回去了。那片曾经独特的白桦林，已被埋藏在坚硬的水泥地底十年了。时间久远，远到坚硬的水泥场坝都开裂了。奇怪的是，当他们回到那里时，竟然闻见了熟悉的味道，是白桦树皮的味道！

四川人很少种白桦，更早一些的时候，他的母亲认为白桦树皮能治病，会时常扒一些下来，捆成小把，熬一大锅水，给孩子和男人洗澡。那白桦树皮的味道清新，早就刻入了他们一家人的骨髓中。时隔十年，再次闻到的树皮味，不知是来自埋藏在地底的白桦根，还是他和母亲重返旧地的老骨头……

他和母亲在家住了一夜，第二天，奇迹出现了。

十年了，那片十年前被砍伐殆尽的白桦林，竟然在这一夜之间，重生了！

水泥场坝的条条裂缝间，鲜嫩的树芽钻了出来。一棵棵，一簇簇，星罗棋布，像从地底钻出来的花。翠绿无尽的花开在裂缝中，像荒漠的泉，为绝望带来清新，为腐烂带来美丽。

这一幕，不仅震撼了他，就连母亲的身体也止不住地颤抖。她一小步、一小步地挪动身体，他想搀扶母亲，却被她甩开了。他留在原地，望着那开在水泥缝隙中的“花”，哭了。他想，人的绝望能斩断树木，抹掉生命表层的痕迹，可那深埋于土壤的不死根，永远永远，都会寻找自己的出路。

一瞬间，他的心像时间重启般，重回了少年时。他看见了父亲得到翡翠原石的那一天；看见了自己跟在父亲身后，朝高山前行的那一天；也看见了自己娶妻生子的那一天；还看见了女儿彩奇离开的那一天。他感到欢喜无比，好似年过半百时，生命竟然脱离了时间和死亡，脱离了别离和重逢，一切又可以重新开始了。

他感到脸上很痒，眼泪像虫一样爬满了他的脸。他多久没有这么哭过了？他不知道。他抹掉眼泪，抹得干干净净。随即，他做了一个决定，一个重新开始的决定。

第二天，他就辞去了为一家电力公司排修电路的工作。他已经在这个岗位上二十年了。紧接着，他买了一辆二手摩托车，简单准备后，他把存折交给了老母亲，什么都没说，就出发了。除了我，以及拒绝了他德国签证的工作人员外，没有人知道他来到了这条公路上，他要骑着摩托车去柏林。

“多年来，我试图平凡地活着，逃避痛苦。我不接触工作以外的任何人，投身哲学，试图以献出生命的虔诚追随智识。可事与愿违，它拯救不了我，反而让我见证了庞大和无边。阿乔，你一定也曾经有过这样的感受！那就是恐惧，无尽的恐惧！那种往上看是一片虚无，往下看仍然是一片虚无的恐惧！因为，在那个时候，人就成了风，成了气，成了虚幻不存在的东西！”

庞磊森在说这些时，全身都在发抖，就连皮肤表面的汗毛都立了起来！而我的心底，却只有一个念头——庞磊森，你不应该来到这条公路上，你应该去医院。你已经被生活划成了疯癫的那一拨，却不肯接受真相。

但我能这么说吗？不，当然不能。我维持着自己的礼数，不在言语上拆穿一个疯癫的病人。可人在得不到想要的回声时，是不会停止呼救的。他没完没了，继续说着。

"你知道吗？就在我辞职那天，我的左眼看不见了，我成了半边的瞎子。可后来，我却在这只眼睛里看到了灾难。自然溃塌、能源枯竭，还有战争，这些都是现代文明里最残酷的屠杀了吧？其实不然，这些都只是人间屠杀的冰山一角而已。真正的屠杀，是实用主义的贫乏，是拜金主义的虚妄！傲慢、愚蠢、顽钝……还有更多，来自生命根源的屠杀，才是真正的灾难！而我们，不是碰巧才认识的，我们是同一种人，甚至是同一个人！就好像我是你的同伴，你也是我的同伴，我是你的爸爸，你也是我的爸爸一样。在这里，在同一个地方，我们看起来是两具身体，可实际上，我们共用着一个灵魂——一个试图从坚硬的裂缝中重生的灵魂。等我们到了德国，所有的一切都会被推翻，然后重建，从此，我们就自由重生了！"

突然，他用力握住我的手臂。

我睁大了眼睛，猛地将他甩开！

"滚！"我绷紧了下颚，鼻孔张得老大，朝他大吼。只是一个字，我就听到了我声音里的野蛮，看见了我面孔里的兽性。

他所说的每一个字都让我感到害怕，无比害怕。我往旅馆外跑去，几乎是在逃跑。我收拾着行囊，很慌，我想离开，先行一步去海关口岸，离开塔克什肯，离开庞磊森。

可是，当我走到摩托车前，却看到那疯癫的庞磊森半弓着腰，趴在弯把太子车的风挡玻璃前，正在将一排红色的中文大字贴上去。

“送新思想和文明去欧洲”。

这排机器印刻的红色大字，每一个字都像扎进我眼睛里的刀，一把锋利恶毒的尖刀！也正是这排红色的大字，让我对他产生了憎恨。

“你干什么！”站在离他几米远的地方，我怔住了。我张大了嘴，喊叫道。

“我是有使命的人，而我首先要做的，就是让所有人都看见我的使命。”他说。

“疯子！”我在心里骂道。

谁没有对“不凡”心存幻想的时候呢？但那些幻想就像棉衣，冬天穿在身上可以抵御严寒，可等春暖花开时，就要脱下来了，只有这样才能让自己和环境匹配，而非成为格格不入的异类。可庞磊森太傻，他毫无节制地袒露，亲自将自己推向了灾难。每一个孤独颤抖的逃亡者都渴望重生和拯救，可谁愿意和一个疯子为伍呢？

我瘫倒在地上想着这些，突然感到脸上一阵冰凉，阿尔泰山南部的雪，也下大了。

我从地上爬起来，走到倒着的摩托车前，这才向庞磊森投去了一个冷漠的眼神。

他走到我的对面，把腰包别到身后，弯下腰。

“一，二，三，起。”他喊着。

庞磊森的坦诚，让他从温和宽容的长辈变成了疯胖子、神经病，但他依然是那个要去德国的人。即便他的声音让我作呕，但在阿尔泰山区，我需要他。公平的是，他也需要我。阿尔泰山让我在庞磊森的面前有了傲慢和优越。他的欧洲签证在成都就被拒了。我觉得，他一无是处，并且，没有办法失去我。

傲慢让我的心开启了一场对他肆无忌惮的奚落和讽刺。他破损的衣服、滑稽的头盔、微胖的身体、像蒜头一样的鼻子，都成了我奚落他的理由。还有他的笨拙，天哪，在塔克什肯的漫长等待里，我竟然忽视了他的笨拙。甚至，我完全可以将他的笨拙称为愚蠢。他的行囊，那三个帆布驮包已经变形了，驮包里装着的，既不是能派得上用场的工具，也不是远行所需的补给品，而是一摞摞被他当成宝贝般呵护的文件。其中一半是庞磊森花费了不少时间才翻译成英文的。他说，自己将以转世紫薇星人的身份，像预言中的那场苦行一样，穿越荒漠、雪域、大海、高山，将这些撰写了多年的文件，带到文明的中心去。

这太荒谬了，我拒绝接受……

更何况，在远行的摩托车上捆绑驮包，这一行为本身就像拿着手机还要去邮局寄信般愚笨无比。只要庞磊森的弯把太子车一倒，行囊就会被挤歪、挤松。摔一次车就要卸一次行李，就是那几袋该死的文件！然后要把它们一次次垒好，捆绑。原始又荒谬的麻烦重复着，重复着，我被彻底击败了。

终于，我跟他说话了。我让他扔掉这些文件，并耐着性子向他保证，等我们离开这片阿尔泰山的雪域，我会再为他打印一份，费用算我的。这是我对他最后的让步，也是我对他最后的友善了。

没想到，庞磊森根本就不领情。

如果我是他，我会在别人介意之前，率先把麻烦的根切掉，烧掉。不成为别人的累赘，这是环境教会我的“礼数”，也是生活教给我的“防护”。

“扶车啊！绑啊！”我朝庞磊森大喊。因为他的疯癫、荒谬和愚蠢，我的身体里已经囤积了无数灾难，只有将下唇紧紧咬住，才能制止它们喷涌而出，变成世界上最难听、最恶毒的语言。

可是，人怎么可能和自己的内心对抗呢？我没办法给他好脸色，更是早早就将相机里与他有关的照片删得一干二净了。甚至，我还在心里庆幸，除了喋喋不休的母亲和男孩陆远，以及边城塔克什肯的人以外，我从未对任何人提起过他。我的社交网络里也没有他的蛛丝马迹，他可以被抹掉，成为不存在的人。

此时此刻，阿尔泰山的雪夜就要来了。在这迷雾笼罩、乱石遍布的山谷中，我想的是：只要离开阿尔泰山的雪域，我就会像扔掉一个馊馒头那样，抛弃他。

庞磊森在我眼里就是一个馊馒头。馊掉的馒头难以下咽，但穷途末路时，还可以填饱肚子，续上一条命。

想到这里，我突然就哭了。

如果这片雪域中有一面大镜子，我将看到，一匹四肢矫健、毛皮肮脏的年轻恶狼，重归荒野，眼里泛着凶狠的光，它既想吞掉尾随自己的异类，又不得不克制着本性。

毕竟，荒原无一物，它需要它啊。

我想起金石写在镜子上的那几个字——“恶狼，勿近”。也许金石是个先知，他早就知道我是一个骗子，一匹披着善良真诚勇敢之皮的恶狼。

还有小四。我应该真诚地向小四道歉。在小四心里，我是善良的，不会轻视贫穷，更不会欺辱落魄的人。要是他知道，我是一匹恶毒的狼，会怎么想呢？他会像以前那样，看着我受苦，自己就忍不住先哭出来吗？

什么时候起，我这具年轻光鲜的皮囊之下，住进了一匹灵魂贫瘠的恶狼？

这些问题当然都没有答案。但我所暴露出来的冷漠和嘲讽，改变了庞磊森。

他变得沉默，头总是垂得低低的，胸也含了起来，最后一次在我面前舒展面孔大笑，还是我们离开中国那天。他站在威严的国门前，紧紧拥抱了我。他大喊："阿乔，我们是生死之交了！"

可人的表达，在感受不到你快乐的人面前，就会变得可笑，在看不见你之爱的人面前，就会被当作别有用心。

等庞磊森意识到我对他私自认定的"生死之交"有多么排斥和不屑时，已经晚了。

我骑上自己的摩托车，扬尘而去，并为他刚才拥抱过我，感到耻辱。

哈萨克族人说得对。

"小心狼，它们噬骨。"

但他们说的，是瘦小尖颚的蒙古狼，而不是我这匹凶蛮健硕的年轻恶狼。

“阿乔。”庞磊森打破了泥房里的沉默。
“到了乌列盖，你就走吧。”

穿着黑色大衣的年轻牧人在羊圈里忙活，头上戴着的黑色毡帽沾满了雪。他要在雪夜来临前，把羊群赶进圈中。

听到摩托车的轰鸣声渐近，他站起身来，布满红血丝的脸紧绷着，像身体拉响了警报。

第一次，我见到了耳闻已久的蒙古人。他身上脏乎乎的，目光凌厉，透着野兽般凶蛮的光，但他的皮囊是羞涩的，呼吸是纯净的。

蒙古，这个全世界人口密度最低的国家，一大半人都摒弃了牧羊人的身份，离开了荒野和山，去首都乌兰巴托讨生活了。至今还愿留在这荒蛮的阿尔泰山区生活的，除了猛兽外，也就剩这些还倚靠着原始的本能和直觉，与荒野共存的人了。

一番比画后，牧人总算弄明白我们要在他的泥房过夜。不过，他向我索要了一笔比住城市酒店还要高出一倍的费用。我一边用中文咒骂这荒原上的牧人也学会了贪心和市侩，一边数钱给他。

就如我憎恶庞磊森，却不会与他分道扬镳一样，我需要牧人的泥房在雪夜容身。所以，我只是用中文嘲讽他，而不会仰起头来，离开这里。

雪夜，泥房中燃着不灭的火，久违的炉光照在庞磊森和我的脸上。我们的身体泛着红光，血液和血丝都显了出来，就连骨头都清晰可见。

泥房里，没有人说话。

庞磊森，他的眼皮低垂，遮住了那双灰白两色的眼睛，嘴唇上干裂的死皮翘起来，让他看起来，像极了即将脱壳的生物。是令人毛骨悚然的蛇？或者藏在树上的蝉？

“活该。”我在心里骂道。这才刚刚进入蒙古，他就显出了一副像在荒野中漂泊了十年之久的可怜相，这不是因为他贫穷，而是因为他愚蠢。穷没关系，但蠢不值得可怜。

我又望向那位在雪夜里收容了我的牧人。有时候他会抬起眼睛看我，但在与我目光相对时，又低下头躲开，像初出洞穴的小兽，胆战心惊地打量着洞口外的世界。

破损的窗户外，羊群静极了。大雪一片一片地落下来，像祭祀用的纸钱。在这阿尔泰山，我们静默无声地在同一间泥房中，在同一片火光下，但我们都被各自的思绪囚禁了……

“阿乔。”庞磊森打破了泥房里的沉默。

“到了乌列盖，你就走吧。”

他说。

大雪下了整整两天。

现在，积雪已经有一手高了。那年轻牧人，我无法与他以任何一种方式沟通。我想问他我们具体的位置，离乌列盖还有多远，阿尔泰的雪会蔓延到什么区域，也想问清楚继续往北走是否还有牧民。可他只顾着修整雪后的羊圈，准备餐食，为炉子添加柴火，以及在入夜前，用咿咿呀呀的声音提醒我缴纳食宿费。除此之外，他对我的一切问题都漠不关心。

我放弃了从牧人那里获取信息的想法。我开始等待，希望能等来一辆卡车带我们去往乌列盖，与此同时，我也翻出了那张在边城塔克什肯绘制的棉布地图。

我结合着摩托车的里程记录，开始在地图上推算此时所处泥房的具体位置。最后得出的结论是，我们正处于科布多省和巴彦乌列盖省的分界线一带，海拔 4000 余米的齐姆巴加拉夫雪山附近，离乌列盖城区，也许有 100 公里。

“100 公里的雪路，汽油足够，食物足够，也许只需要两天……”

我在心里盘算了一番后，决定明天一早就离开，不再等待。

人的愤怒也好，不服气也好，就像生命本身一样，是有期限的，而等待就是最凌厉冷漠的刀，会让一切原动力成为损耗，慢慢消逝。我不想再把选择的权利交给等待了。这两天来，不仅没有卡车经过这间泥房，就连蒙古最常见的生命符号——乌鸦，也都消失了。在这间泥房里，在炉火温暖的光中，我会不停地想，如果我没有留在这里，是不是已经前行 20 公里了？或者更多？又或者，我已经到达乌列盖城了。

更重要的是，这里一点儿通信信号都没有，而我已经好几天没有同男孩陆远联系了。我担心他会失去耐心，不想再等我了。毕竟，按照我们的约定，这个时候，我应该已经到了科隆才是。

第三夜，雪总算暂时停下来了。

泥房上空出现了明月，像远在天边的灯。月光洒向荒原，云层清晰，空气清透得好似能看到千里万里之外。山间有风，不大，轻轻地吹着。积雪表层的雪粒会被吹起来，但不会四处乱窜，而是借着微风，悬浮在地面上，像腾起的妖娆的雾。

就要中秋了。

在大河山岭，每年中秋，奶奶都会买三个月饼。在那间青瓦房前，我们一老一少光着脚，并排坐在台阶上。月饼我会吃两个，奶奶只吃一个。我咬一口后会停下来，望着被风吹得哗哗作响的竹林，再咬一口。

我有多久没和奶奶一起吃月饼了？十三年了，从她离开大河山岭开始。

我从来没有告诉过她，我一点儿都不喜欢吃月饼，但我喜欢和她一起，坐在大河山岭的青瓦房前，听大河滔滔，听风吹竹林。我也从来没有告诉过她，我没有原谅她率先“背叛”了我们彼此相伴的关系。

她说过，她憎恶我的母亲，是绝不会离开大河山岭，去任何地方的。我相信过她，但她还是跟着母亲去成都了，据说是为了照顾更年幼的妹妹。我才不关心她为什么改变了主意,但在那之后，大河山岭的绿意，就褪色了。

第二天一早，天刚刚亮，我就从泥房的炕上爬了起来。牧人不在，倒是那燃了一夜的柴火还没熄，噼啪燃烧着，为泥房持续增温。

阿尔泰山北边，天上的云层次分明，每一朵云的轮廓都十分清晰。

阳光充足，是个好天气，也是个好兆头。

积雪上有一摊血迹，一旁的摩托车上，放着一个用塑料布层层包裹的物件。我凑近一些，闻到了膻味。

是羊肉。

一整条煮熟的羊腿，还带着余温。

羊圈里，刚刚死里逃生的羊挤在一起，它们颤抖着低声号叫，惊魂未定。

我拂去摩托车上的积雪，插上钥匙，空挡启动。就在这时，我的身后传来了鸣笛，声音来自庞磊森的弯把太子车。

受惊的羊群顿时骚动起来。

“干什么！”我转过头，不耐烦地朝庞磊森喊道。

庞磊森没有松手，他长按着喇叭，为这片皑皑雪域带来了来自冰冷器械的长鸣。这声长鸣，像极了蒙古人的长调，那悠长、悲凉的民族旋律。我拧动油门，朝着正北方驶去，不再理睬他。我想，我们默认了几个必然的事实。例如说，在这片雪域，我需要他，就像他需要我一样；例如说，穿越阿尔泰山，进入城市乌列盖后，我们就要分开了。

从此以后，我们不会再相见，就连记忆的痕迹，都可以被抹去。

路面的积雪越来越薄，地表的乱石又冒出了头，荒蛮群山的原貌又重现了。夜幕降临之前，我看到了灯光，弥漫在山谷底部的乌列盖城，让城市也像是脱离了地面，成了悬浮在半空的魂。

流水冲刷过的山谷泛着白光，河流像魔爪般向城市延伸，贫瘠的土壤饥渴地吮吸着那条向东流淌的小河，可怜的小河在城市尽头处便干涸了。山脚下，一排排规整的房子像田里的稻谷，夜幕下的点点灯光，像河沙里的金。

飞驰而过的卡车里传来音乐声，正是蒙古人的长调。

听到长调，庞磊森拧紧了油门，一边在颠簸中追逐，一边呜啊呜啊地喊叫着。他的声音，真的不好听。

望着他追行的身影，我内心唏嘘。

“原石陨落，石头开花，转世的紫微星人……”

他觉得自己是带着天命而来的紫薇星人，可就这个世界来说，他是可怜的、无人问津的病人。像飘浮的微尘般，甚至没有自己的位置。即便我们曾相互理解、包容、陪伴过，可现在，我们远离了荒野，重返了人群和文明，要就此别过了。

我在乌列盖城市中心找了一间旅店，一次性缴纳了三天的住宿费。与此同时，我刻意向庞磊森强调，我们即将在乌列盖城进行为期三天的休整。我当然不需要休整，我只是需要一些伎俩，争取到多一点的时间，用来和他拉开距离。

他只是点头，没有赞同，也没有反对。

我把摩托车停在旅店的栅栏内，没有卸载行李，就连洗漱用品都没带，径直朝房间走去。

“明天一早，只需要翻一个身，我就能离开他了。”我这么想着，睡着了。我太累了。

可心里有事的人，是睡不好的，我在天还没有全亮的时候就醒了。刚睁开眼睛，我就从床上坐了起来，然后打开房门，穿过走廊，朝楼下停着的摩托车走去。此时此刻的乌列盖城还在夜色之中，还未清醒。路边的残雪依稀可见，零零星星的路灯下，树叶堆得很高，像被垒起来的尸体。光秃秃的枝头上传来响动，是被我惊醒的乌鸦。

我骑上摩托车，但却没有立马朝查干诺尔口岸驶去，而是找了一处离旅馆很远的街角，顺着墙根，在地上坐了下来。我趴在膝盖上，把脸埋进去，闭上了眼。我以为自己只是想眯上几秒钟，可再睁开眼时，天已经全亮了。

乌列盖城醒过来了。

被荒芜群山包围起来的乌列盖起风了，寒风狂烈，吹起沙和尘，城市被尘土围困，被生生切分成上下两层，上面一层是碧蓝的天，下面一层是蔽日的尘。

街道两旁，建筑大多为双层的彩色房屋，其余的，就是用石棉瓦搭建的临时住所了。路上有健硕的牛，行动缓慢的羊，陈旧的摩托车，以及很多来自日韩的二手汽车。无论是动物，还是工业产物，它们都属于马路，而不是牲圈和车库。肥胖壮硕的女人毫无忌惮，她一边掀起衣服，把奶头塞进怀内婴儿的嘴里，一边高声叫卖自己的牛羊。穿着黑色大衣，戴着毡帽的男人们叼着烟斗，身后跟着毛发结绺的狗。乌鸦们开始争夺污泥中的肉，狭小破败的十字路口，一只身躯庞大的骆驼蹲在路中央，在汽车的鸣笛、人们的叫嚷、乌鸦的夺食声中，它不为所动。

我拨开人群，经过汽车，再从那只骆驼身边穿过。我走到那位喂食婴儿的女人身边，在贩卖牛羊的摊位旁买了一副毛皮手套，又在一位戴着黑色毡帽、穿着花哨的老人那里买了一双男士皮靴。接着我鬼使神差地走进一家商店，选购了足够两人吃一个星期的干粮后，我回到了旅馆。

此时此刻，我再次成了一头怪物！

我对庞磊森的厌恶和嫌弃是真的，想要甩掉他的私心也是真的，在阿尔泰雪域，我要他留在我身边，想借他之力对抗荒野的私欲也是真的。但现在，在他用“你走吧”这三个字亲自解放了我后，我的矛盾，也是真的。

我要离开了，不知道我不在了以后，他能分清楚哪里是商店、哪里是旅馆吗？他没有智能手机，也没有导航，不会说外语，他能找到去查干诺尔的路吗？

对，他连德国签证都没有！入境俄罗斯后，他该去哪里办德国签证？找谁给他办？谁又会替他做这些呢？谁愿意为一个愚笨的老实人，编织一张周全的网呢？

我用力摇头，这些都跟我没关系！我才不关心！如果说，我有一点点愧疚的话，那我就要送他一些他用得着的东西。在无用的愧疚面前，所有人都是这么做的。

我将这些刚买的东西放在口袋中，加上我的蓝色围巾，还有我们在边城塔克什肯绘制的那张棉布地图，庞磊森更需要它们。

把这些东西都放在了他的房门前，然后，我再一次离开了旅馆。

上午9点，乌列盖，这座几乎未受工业气息浸染的蒙古边城，路边的每一个人、每一种生命，都呈递出了像沙漠的风、地上的草般，杂乱却蓬勃、凶蛮也壮硕的生命力。这对我来说，像是闯入了一处逃离时间轴承的束缚，留在了原始状态的另类文明。

紧接着，我看到了庞磊森。

他站在人群边上，换上了新鞋，那条蓝色的围巾也系在了脖子上。艳丽的色彩出现在他身上，令他看起来就像一只不合时宜地出现在荒漠中，任人嬉笑观赏的孔雀。

> “对，只有他的摩托车坏掉，成为一堆废铁，
> 只有他别无所选时，才会回家。”

萨彦岭高地，山岭巍峨，金黄的白桦林层层叠叠，风吹过后有金色的浪。我拧紧油门，开到140迈，这是这辆摩托车的极限。

在极速中穿行萨彦岭高地的山岭十分危险，但极端的行为能让我得到脱离束缚的快感——我可以不去想庞磊森还在我身后。

离开蒙古国最后的城市查干诺尔很顺利，入境俄罗斯也只用了5分钟。阿尔泰的荒蛮群山被萨彦岭山地的白桦森林代替。终于，我这辆排量250毫升的弯梁摩托车，逃离了笨拙无用的诅咒，行驶在萨彦岭，就像回到了河流的鱼。

可庞磊森，他依然像行驶在荒地中那样，慢慢地、小心翼翼地前行。这行驶速度的落差让我得到松懈，正好，我根本就不想看到他。或者说，我是不敢看见他。

在巴彦乌列盖，我做好了离开他的一切准备，可他竟然穿着我留下的衣服出现在路中央！他什么都没说，但那副委屈巴巴的样子，像另一种意味上的要挟：留下来，不要走。

我可从来没对他承诺过，我们一定会同行至德国，我也绝没有像我奶奶那样，信誓旦旦地保证：我才不会走，打死都不走！我要留下来，要留在我的丽娇身边，哪儿都不去！但那一刻，我丧失了权利，丧失了正确发出自己声音的权利。

现在，我按照自己的节奏前行，每隔一段时间就在路边停下车来，吃一点儿东西，当他笨拙的身影重回视线时，再启动摩托车离开。我就这样和他保持着不远不近的距离，像没有了爱却又

无法分别的恋人。

我为什么不能离他而去？我不知道。也许我想的是，我可以逃跑，但我不能做抛弃他的可耻之人，我必须留下来，即便那只是在做做样子，装装姿态。

总之，庞磊森成了我的枷锁，他绑架了我。

当然，想要重获快乐和自由也很简单，只需要把这纸糊的枷锁撕开，甚至只需要简单坦然的一句话。但我全然丧失了撕开它的能力。

这让我看到，我在某一些特定的矛盾面前，是善于沉默和躲避的。而躲避，也是我最好的保护膜。

可沉默和躲避给人带来的庇护，本身也是脆弱的，只是一阵风，就能将其彻底摧毁。

西伯利亚一夜，大风肆起，夜月下的白桦森林哗哗的响动声，汇成了激流勇进的大河，树叶层层叠成了浪。它们用这样的声音，表达不愿与寒冬为伍的恐惧和坚持。季节的交替分野，也许正是生命进程循环不变的寓言。

庞磊森原本想和我商量，在这狂风夜里找一处人家或旅馆住下。他小心翼翼，提议还没有说完，我便一言不发地，将帐篷搭在了一处荒废的足球场上。

为了顺从我，他把帐篷搭在了我的旁边。也许，人人都有面对矛盾时的保护膜，顺从是他最擅长的策略。

他用一条长绳，在两辆摩托车和球门四周围出了一个四方形。一根绳子的圈连，让我们在废弃的球场上，有了一处划分出来的领地。临时栖息的两顶帐篷在狂风中颤抖，像漂荡在河面上的小船，被岸头的绳索紧紧拽住，等待平静。

庞磊森在做这些时，我已经将帐篷的门帘拉上了，为了与他隔绝，我就像只争夺食物的幼犬般可笑幼稚，但我无法阻止自己做出这种幼稚的事。

这时，陆远发来了信息。

他问我今天到哪里了，天气怎么样，以及，路程是否顺利。

“西伯利亚，很冷。”我说。

“习惯了。”我又补充道。

“庞磊森还在吗？”

“在。”

“我真是讨厌他，如果可以的话，我想摆脱他……”我原本还想再补充一句，但我已经收到了陆远的回复。

“那就好。真羡慕你，有珍贵的同伴情谊。”他说。

珍贵的同伴情谊？

我立马打消了自己心底的声音，冷冷地回复他：“对。”

帐篷外，狂风呼啸，轰隆隆的响声，来自草，来自树，来自扑朔迷离的心。

“阿乔！”

突然，庞磊森用力拍击帐篷门帘，大喊我的名字。

我放下手机，关掉帐篷里的灯，将冰冷的睡袋裹得更紧一些，没有理睬他。

“阿乔！”庞磊森再次大喊，他的声音，即便在这狂风之中，仍然清晰极了。我说过，有时候，他的声音像雷一般，只要他开口，周遭的一切声音都会为他所用。不过，他的口音实在是太重了。

“烦死了。”我在心里咒骂，干脆把头埋进睡袋中。

“我借了一床被子，放在门外了啊。”外头再一次传来他的喊声。

被子？我猛地起身，拉开帐篷。

帐篷外，庞磊森抱着一床棉被。他弯着腰，半蹲着，帐篷中营灯的光映在他的脸上。

那一刻，我感到自己正在被某一种东西吞噬、摧毁。

我的脑子里出现了一幅庞磊森顶着肆虐的狂风，焦急又笨拙地敲响西伯利亚人房门的画面。画面里，他手脚并用，尽力比画，解释自己的意图：他需要一床棉被，因为他的朋友很冷。西伯利亚人试图理解他的意思，但实在太难了，看到他风尘仆仆的可怜样子，他们给了他一块黄油面包。但他拒绝了，焦急地摆着手，绞尽脑汁，想要做出代表棉被的一切动作。西伯利亚人不耐烦了，扔给他几个硬币后，“砰”的一声，用力关上了房门。他仍然不死心，拼命地敲打紧闭的木门，这时，他想起了我们在边城塔克什肯绘制的白色棉布地图。在愤怒的西伯利亚人再次打开房门，即将发飙之前，他将那张地图及时掏了出来，他指着白布上的求救信息中，那代表着“寒冷”的俄文单词。在考虑往白布上写些什么信息的那天，我们趴在边城的阳光中，嬉笑着，在每一个单词后面，都画上了一个搞笑的鬼脸。他成功了，抱着一床厚实的棉被，跌跌撞撞地穿过风，走回帐篷。一路上，他笨拙滑稽的样子，像风暴中海面上偏离了航道的小船，渺小、孤独、无能为力。

想到这些，有那么一瞬间，我冰冷的铁石心肠被打动了，可很快，我又亲自摧毁了它。

“走开。”我说。

“滚开！”

我用力拉上帐篷门帘，厉声呵斥之后，眼泪却流了下来。我为什么哭？我是在为庞磊森哭吗？我为什么要为一个极力想摆脱的疯子哭呢？我听见了风的声音，听见了音乐，但却不是我的《梭罗河》，而是婉转悠扬的蒙古长调，我不知道它来自哪里，但我听见了它的曲调里，流淌着难以言说的忧伤。

我只是在为那个与我从荒芜走向雪域，从雪域来到城市的同伴而哭。就像荒野中的蒙古人，在宰杀终日与自己为伴的牛羊时，会为它们唱起一首悠扬的长调送别。

我多希望庞磊森能自己离开啊！他应该离开的，最好是回家去。他都五十五岁了，应该在温暖的南方，在茂盛常青的竹林里，携着烟袋，牵着刚学会走路的小孙子，而不是跟我这么一个趾高气扬、铁石心肠的年轻女孩在一起。

当然，这对他来说不可能，除非他的摩托车坏掉！

想到这里，我吓了一跳。因为，我竟然无法阻止自己将这个念头延伸下去。

“对，只有他的摩托车坏掉，成为一堆废铁，只有他别无所选时，才会回家。”

我在内疚和快感中痛哭，与此同时，还像个幼儿般，在心里施下了可笑的诅咒。我当然不相信诅咒，可这在现实里无法实现的诅咒，又被我带进了冰冷的梦中。模模糊糊的幻象里，我看见我自己，拿着冰冷刺骨的修车工具，摸索着绳子，悄悄潜行至那辆弯把太子车前。我用螺丝刀将能卸下的螺丝悉数卸下，用老虎钳将所有能剪掉的车线全部剪掉。

然后，我蜷缩在草地上，枯草被我压倒了一整片。渐渐地，我露出了自己的真面目——

一匹四肢矫健、毛皮肮脏、趾高气扬、哀号里透着自卑和野蛮的，年轻恶狼。

> 他把城市的玩具带到了泥泞中，
> 就像把娇贵的小公主，带到了一无所有的世界里；
> 把冰冷无情的恶狼，留在了身边。

一夜狂风后，白桦森林仍然没有平静。

庞磊森不在，因为他要将那床在帐篷外放了一夜的棉被还给西伯利亚人。他已经去了十分钟，还没有回来。

昨夜的梦后，我感到轻松极了，甚至开心地在球场中放起了风筝。我哪里来的风筝呢？不过是将庞磊森的长绳子，系在了没有收起来的帐篷上。我牵着绳子从球场一端跑向另一端，再跑回来，天真、烂漫，对面前的球场和森林，充满了幼儿对广阔世界的纯真向往。风停了，这风筝飞行的高度，取决于我跑得有多快，举得有多高。

等他回到营地后，我已经用瓦斯炉煮好了早餐：袋装豆浆煮燕麦，昨晚没有吃完的面包也煮在里面。盛餐的容器是从中间切成两部分的塑料瓶。庞磊森在我面前蹲下来，他握着塑料容器，仰起头，一口气吞完了满装的食物。

而后，他站起身来，朝他的弯把太子车走去。庞磊森将自己的帐篷收起来，行囊也被重新绑回摩托车后座。他望向我。

我倒吸一口气，慌忙收拾了地上的餐具，用忙碌掩饰自己的慌张。

“除了诅咒他的摩托车坏掉外，我没做过什么。”我安慰自己。

“今天到鄂木斯克。”我说。

庞磊森点点头。

“好。”

“我没有意见。”他又补充道。

他当然没有意见，他连鄂木斯克在哪里都不知道。说不定，他除了知道自己要去德国，要去柏林外，一切都不知道。他从不参与路途的安排，而我也不愿意和他商量。

西伯利亚至鄂木斯克的公路是笔直的，平原向西延伸，直至几千公里外的爱沙尼亚。在这里，空间像是被无限放大，时间也像是在这平原的辽阔中混淆了。因为，无论是行驶五分钟，还是五个小时，周遭依旧是笔直的公路、金黄的白桦森林、偶尔开过的小轿车，没有什么变化。

我产生了一种似乎在朝着某一个方向前进，却始终原地不动的错觉。而这一天，庞磊森不再慢吞吞地前行，而是紧随我身后，和我保持着“看得到人影，却看不清楚样子”的距离。如果我要停车休息，他也会在离我 100 米远的地方，停下车来。

新的规则保持了半天后，我才不再频频望向后视镜，去寻觅他的身影。我知道，并接受了他就在我身后，没有离开，也没有走丢的规律。可到傍晚时，庞磊森不见了。

我有些慌，停车在原地，伸着脖子，频频朝东边的公路探望。

半个小时过去了，他依然没有出现。我更慌了，可我仍然只是等在原地，什么都没有做。终于，在最后的一抹夕阳中，他重新出现了，就在这条平原公路的尽头。

那一刻，路两旁的白桦树像列阵的兵，被落日染上了黄得发光的颜色，就像穿上了金色的铠甲。我想起了他出现在那片戈壁沙漠时的画面。也和现在一样，在公路尽头，他从一个小小的点，变成活生生的人。他会在我的面前停下车，然后取下头盔，叫我的名字。

在那片戈壁沙漠时，他大喊："阿乔，是我啊，庞磊森！"

今天，他取下头盔，头压得很低，声音很轻，我看不到他的表情。

"阿乔。"

他依然喊着我的名字。

"可以帮我找间修车厂吗？"紧接着，他说道。

我知道发生什么了。

我能感到，这个以紫薇星人自比的老头和所有无助的人一样，为自己的无能为力，需要靠别人帮助，而感到悲伤和沮丧。

"好。"我跨上摩托车。

"还能走的话，就跟着我。"我说。

他的摩托车坏了，我一点儿都不意外，不是因为我昨夜诅咒过它，而是因为，庞磊森，他一开始就做错了选择。

那辆弯把太子车底盘极低，根本不适合在荒野中远行。他把城市的玩具带到了泥泞中，就像把娇贵的小公主，带到了一无所有的世界里；把冰冷无情的恶狼，留在了身边。

这说明什么呢？说明庞磊森，他的确是一个虔诚，并因为自己的虔诚而失去了某一种能力的人。那种能力有个耳熟能详的名字，叫作“精明”。他也许拥有某一种智慧，即便那有些疯癫，可他依然是个纯真的笨蛋，一个因为只顾及了自己想要什么，便忽略了世界需要什么的，老笨蛋。

我替他找到了修车厂，就在鄂木斯克东郊。

那是一间藏觅在一片两米多高的芦苇丛中的修车厂，像一个隐秘的符号，只有知晓路径的人才找得到。我是信息技术的受益者。只需要在地图上输入几个字，网络就会带我去解决问题的地方。就这么简单。庞磊森这种固守着自己的系统，拒绝与世界为伍共行的笨蛋，他们在守什么呢？他们在等什么呢？

庞磊森在一张破损的藤编椅子上坐下了来，那椅子像是消瘦的小个子修车匠专用的，庞磊森坐下去时，干枯的藤条发出吱吱的响声，好像随时会被压垮。但他没有注意椅子的声音，而是裹紧了外套，尽量让自己暖和一些。

修车厂里，小个子修车匠摆弄机床的声音，像冰冷的医院里，手术刀碰撞的声音。

我在修车厂门前的地上坐下来。

随着等待的时间变长，庞磊森有些坐不住了。他从藤椅上站了起来。

“我出去走走。”他说。

我没有阻止他，还跟在了他身后，踩着他的节奏，玩起了游戏，让两人的脚步声合一，仿佛一步一回声。在大河山岭，我经常偷偷和奶奶玩这个游戏。有时，她会突然慌慌张张地转过身来找我，发现我竟然就在身后时，会责骂我怎么走起路来，一点声音都没有。

现在，工厂外，高高的芦苇借着夜月的温柔，将那间建于废墟中的修车厂巧妙地包裹了起来。风一起，芦苇柔软的细穗舞出裙边似的浪，废墟中传来钢铁和酒精的味道，随后又消散在空气中。这里多像成都西郊的那间石棉瓦工厂啊，只不过，那里弥漫的味道，是小河泥土的腥，还有回锅肉的香。也许，这里也很像大河山岭的那座青瓦房吧。

庞磊森没有说话，但我却像听见了他在说自己的故事。例如说，多年来，他从事着一份安稳，却也没有希望的工作。他没有社交，没有朋友，甚至不怎么和家里人闲聊。他的女儿彩奇死了，他的心就空了，但只要一有空，他便把自己关在房间里，一字一字地书写，一段一段地修改着他的哲学。困倦时，就想一想彩奇，或者思考生命的使命。

“回去吧。”他突然停下步子说道。声音很轻，我以为他在和自己说话。

“对，回去吧。”我在心里说道，“你的摩托车已经坏了，快回四川吧。”

他望着我。

这一次，我没有躲避他的目光。我发誓，那一刻，我忘记了奚落他，也忘记了他荒谬的身份。我希望他回到平凡无澜的生活中去，离开这里，离开这条公路和前行，也离开我。

回到工厂，小个子修车匠就靠在铁皮大门前抽烟，看起来是在等我们。

看见我们，他面色不改地宣布：那辆弯把太子车的发动机坏了，无法继续前行。解决办法是等待香港的配件，而等待配件运来，需要 30 天时间。

30 天？那一刻，我的身体里产生了某种久违的轻松，像天赐的解脱。

但我还得追问那辆弯把太子车出了什么问题，我需要更有力的证据，让庞磊森清楚，他遇见了我解决不了，也帮不到他的麻烦。

“发动机的齿轮盘开裂了。”修车匠说。他尝试了机床复刻，但没有成功。在说了这些后他抬了抬手，示意我可以翻译了。

我问修车匠会不会中文，我希望他用中文，亲自将这个消息告诉庞磊森，不再需要我从中翻译。可修车匠并没有回答我的问题，反而向我提议，他可以找卡车将庞磊森坏掉的摩托车运回中国，而庞磊森可以坐在我的摩托车后座上，继续前行。

显而易见，这是个好办法。

只不过，修车匠根本就不知道，庞磊森看起来是我的同伴，实则是我想要摆脱的枷锁。更致命的是，我对他只有无用的虚伪和歉意，而我掩盖自己愧歉的办法是——让他走。

“车坏了，修不了。”

在向庞磊森转告这个消息时，我用了自己最冷漠的声音。我篡改了修车匠的原话，把那些留给他的选择和余地，不动声色地抹掉了。

我的声音刚落，修车匠突然转过头来，他紧盯着我的样子，好似他听得懂中文，并见证了一位年轻女孩，像丢弃一块馊馒头一样，甩掉了同伴的罪行。

我不关心修车匠的目光，即便他知晓真相也没关系，我只是一个路过的陌生人，人的时间有限，他们不会把记忆留给无关紧要的碎片和声音。

倒是庞磊森听到我的宣判时，眼睛就空了，像被挖走了血肉。

他头垂得更低了，一动不动，也一言不发的样子，像是在对我无声地拷问，或者，他是在为我留出做另一个选择的时间。可除了产生一点儿什么用都没有的歉意外，我没有什么想要改变的。我太想让他离开了。

就在这一刻，蒙古人悠扬的长调又响起来了。

还在边城塔克什肯时，庞磊森就问过我，他说：这策马扬鞭、激情奔放的民族，他们的音乐里怎么会流淌着如此难以言说的沉重和忧伤呢？后来，他又自己回答着：原来，这是蒙古人心底悲伤的符号。你看，在那茫茫无一物的荒野中，真正与蒙古人终日做伴的，是成群的牛羊，那可是他们在荒原上的生命伴侣。他们熟知每一位伴侣，他们的伴侣也甘愿为之听命。但现实残酷，牧人总归是要屠杀牛羊的。他们无法用言语向伙伴诉说歉意，但也没有办法停止屠杀，只好把心底的悲伤融进歌喉，流入指尖，这弹出来的，就成了凝重，唱出来的，就成了忧伤。

庞磊森耷拉着脑袋，我看不见他的表情，也不知道他在想什么。很久很久，他才抬起头来，一字一句地，用四川话问道：

“阿乔，能为我买一张去往莫斯科的车票吗？”

我们，
终于要回到自己的轨道中了。

高高的芦苇被蓝色轿车拨开，芦苇的细穗如飘絮般落了下来，颠簸的车外，泛起了像雪花一样的星星点点。我紧盯着后视镜，试图在庞磊森的神情中读出他对我这个与他漫步边城，穿越阿尔泰山的唯一同伴的不满和责怪。可很奇怪，他靠在座椅上，一只手不停地擦着玻璃，另一只手紧紧捏着那双发黄的毛线手套，像拽着一个下一秒就要被人抢走的宝贝，他的脸上没有任何情绪，更没有对我的憎恨和怪责。

我在心里大骂，我希望他像我蛮不讲理的母亲那样，对我叛逆又恶劣的行径大吼大叫；或者，像我奶奶那样，扬起扁担，追着我打；又或者，他可以用道德要求我，用难以拒绝的情谊请求我，让我带上他一起去德国，不要让他独自乘上这列开往莫斯科的火车。

我更希望，他真的是转世的紫薇星人。

这样，他大可以顺应自己伟大的使命，在世间的裂缝中游刃有余。

可直到他扛着行李，推开了鄂木斯克火车站的铁门，这些幻想都没有变成现实。他什么都没有说，也什么额外的事，都没有做。

也好，他不必在入夜时，举着手电唤我的名字，为我在黑暗中找到一条下山的捷径了。而我也总算不必时时刻刻都担心自己已化身为一匹凶恶噬骨的狼了。

我们，终于要回到自己的轨道中了。

他又重新戴上了那双毛线手套，脚上也换回了那双破旧的运动鞋，脖子上，从乌列盖城就一直系着的蓝色围巾也不见了。他先扛起一袋行囊，用手扶稳，再弓下腰，提起另一袋。每一次增加的负重，都像能压垮他。修车匠想帮他提手上那一袋，庞磊森别过身子，没有交给他。

鄂木斯克下雪了。突降的雪为钢铁建筑的老火车站，染上了一层无声的问。

“我可奉劝你们这些年轻人，告别这件事，可是比再见重要得多哟。”修车匠回到车上，哈着气，用力地搓手，侧着身子说道，“要是没有好好告别，这人往后的日子，可就有的后悔呢。”他关上了车门，却没有立马启动车子离开。

我盯着修车匠，死死地盯着他。我当然知道他想告诉我什么，肯定是“年轻人不要给自己留下遗憾”这些在我听来酸楚无用的话。我甚至还可以替他补充：留下遗憾的人们去世后，他们腐朽的皮囊埋进土里，土地依旧贫瘠，开不出常娇的花。而拥有那块土地的人，也看不到土壤的枯竭，反而会去责怪花没有茂盛的生命力。直到多年后，由一个遗憾裂变的腐朽，像埋藏起来的毒液，从地底掏空生命的源头，而浮游在人间的味道，将成为绝望不断的符号。

但我没有这么做，没有让我的言语去承担什么。我推开了车门，朝车站的方向跑去。

覆着新雪的水泥地上，留下了我鲁莽又决绝的脚印。

我心里很慌，但我不是去向他道歉的，也不是去告别的，甚至，我连安慰的话都不想说。

“庞磊森！”

“庞磊森！”我大喊道。

听到我的喊声，庞磊森停下了脚步。

他用肩膀抵住半打开的铁门，再费力地弯下腰，用手里的行囊挡住铁门，做完这些后，他才转过身来。他笑了。天哪，他为什么要笑啊？他应该朝我破口大骂，或者用鄙夷的目光拷责我。为什么不呢？他应该这样做的！

“如果我的车坏了，你会扔掉你的资料，为我在摩托车后座上腾出一个位置，对吗？”我在离他几米远的台阶上停下来，不再靠近他。

“会。”他的回答毫不犹豫，我也当然相信他说的。

“可我不会！”突然，我放声大喊，声音撞击车站墙壁，又一声一声地传回来，整个火车站，都为我这个年轻人的冷漠颤抖。

庞磊森顿了顿，很短暂，但我还是捕捉到了。然后，他从地上的行囊中取出一沓资料，朝我走来。他的眼睛，那双一灰一白的眼睛，一点点朝我逼近。

他说过，他是半瞎的人，只看得到一半的世界。

“阿乔。”

“不要再走过来了！我不是来给你道歉的，我也不需要和你道别。我要告诉你，明天我就会忘了你，甚至，我不会对任何人提起你，因为，我后悔在塔克什肯见到你，后悔没有在乌列盖离开。你让我感到害怕，感到耻辱。只有你走了，并且从我的记忆中完全消失，我才会重获自由和快乐。”

我憋着一口气，然后才将这些话，如数从胸腔里吐了出去。

他停下了脚步，在离我两米远的地方，我看到他眼睛里有泪水。

“你送了我最好的礼物，一把弹弓。”他弯下腰，将手里的资料放在地面上，“我也想把自己最珍贵的，送给你。”他说着，将开裂的地砖掰起来一块，压在资料上面。

“你会得到一切的。”他转过身，再一次朝车站那扇没有合上的铁门走去。他弯下腰，扛起地上的行囊，耸了耸背。

“但你要做好面对一切、失去一切的准备。”他朝站台走去，没有了行囊的阻止，铁门“砰”的一声关上了。

而这些，都是庞磊森在我二十二岁的最后一个多月里，留下的声音。

一列开往莫斯科的火车把他带走了。可他的离开，并没有像我预想中那样，让我重获一个人的轻松和快乐。而他留下来的话，像是一个经久不散的巫术，让我步入了一场思绪难辨的迷雾。

我在柏林西郊，房间里暖气充足。在这里，我度过了自己的二十三岁生日。

深夜了，夫妻二人已经熟睡，我把庞磊森留下的那沓资料合了起来。

我轻轻抚着第一页上那几个醒目的黑色大字——“翡翠原石”。

我的父亲，是一个天赋异禀的幸运儿。他在很年轻的时候，得到过一块珍贵的宝石，一块翡翠原石。那原石像天赐的礼物，让他感到骄傲。一开始，他小心翼翼地呵护着原石，可他越发按捺不住雕琢的渴望。他想象着，经过他的雕琢，原石将变得夺目，变得独一无二。不知不觉，他的心，因为对一块即将夺目的原石的期待，变得高贵起来。

很快，他就动起手来。他一点点打磨着，生怕一个不小心，就毁掉了，就输掉了。可不知道为什么，无论他多么信心满满，也无论他多么小心翼翼，都无法把原石雕琢成最夺目的样子。他不停雕琢，又不停推翻，再重来，循环往复。多年以后，那珍贵的原石，变得越来越小，小到再没有雕琢的半丝的可能了，他才意识到，自己失去了机会。

他对失去的珍宝感到悲伤，无用的挫败感折磨着他。在登上那座绝命的高山前，他为儿子取了一个新名字——庞磊森，意指石头和森林汇聚、群星降临的地方。

科隆之约

我一直以为这个世界上只有两种人，一种在寻找出路，另一种在寻找归途。但现在看来，他们是一种人。

A2 公路，柏林到科隆，
这是最后的西行了。

等我重新启动夫妇俩为我修好的摩托车时，已经是 10 月 30 日下午 5 点了。

这时，天上的云恢复了平静，庭院中的树也在一夜无用的反抗后，安静了下来，初冬的阳光，为它们勾勒出迷人的金边。风停了，欧洲漫长冬季的画像，就此定格。

男人与我握手言别。他仍然不忘严苛地叮嘱我，一定要多注意器械的响动，因为摩托车真正的问题，藏在只有驾驶者才看得到的地方。女人则趴在二楼,就在那扇写着中文“忍”字的窗户背后，她伸出头来，朝我挥手。

我向她挥手致意。这一次，我在向她告别，带着我不想说出口的谢意。

戴上头盔后，世界就不一样了。我重返公路，头盔外传来摩托车划破空气，穿越前行的风声。

A2 公路，柏林到科隆，这是最后的西行了。

前行 30 分钟后，我又到了前天晚上露宿的地方——那张被一尺高的常青植物包裹起来的椅子。一天不见，它变了颜色。德国人给它刷上了一层金色的油漆，让它看起来像一块嵌在翡翠中间的金子。

乍一看，这样的相遇是再平凡不过的，但这漫漫长路，我急着奔赴，从没有像现在一样，以一个旁观者的身份，将自己曾经的容身之处，细细看在眼里。

若不是遇见了那对夫妇，在他们位于柏林西郊的房子里停留了一天，我仍然没有机会，将这条路的前半部分，重新审视一遍。

现在，我望着后视镜中，那张容纳了我一夜，如今改头换面的长椅，一点点变得矮小，变成虚无，我又想起了庞磊森给我留下的那个故事——《翡翠原石》。

就在昨夜，在柏林西郊的那间房子中，我读完了它。

这距庞磊森在边城塔克什肯的旅馆中，第一次将它捧在我面前，已经过去两个月了。我得承认，当我摒弃了我曾经对庞磊森的轻视和憎恶、奚落后，我被这个迷人又悲伤的故事，打动了。

我不住地想，庞磊森为什么要将《翡翠原石》留给我呢？是不是，他有什么话想对我说，却发现言语是道不尽、说不明的？我不知道。不过，显而易见的是，自从庞磊森登上那列驶往莫斯科的火车后，我就陷入了真正的矛盾中。

我想念他，像想念一位亲密的，但又被我弄丢的好伙计。

有时，我会被那些骑着摩托车的男人吸引，想象他们之中，会不会有一个是他。

是的，我在真正抛弃了我所厌恶的人后，又饱受自我怀疑的折磨。一方面，我愧于自己抛弃了同伴；另一方面，我又在想方设法地掩盖自己的罪行，而我掩盖罪行的办法，就是在回忆中夸大他的荒谬。他越荒谬，我才越能让自己相信，在鄂木斯克那间修车厂中，做出让他搭乘火车的选择，是合情合理的。

可人逃不脱自然的审视。庞磊森离开后，老天就被我激怒了。它让人群消失了，也让连绵不断的雨雪到来了，公路也变得泥泞。

独自一人西行的路途中，自然的逆境真正出现了。它，就像是对我这个飘荡在人间的，野蛮无知的年轻人的惩罚。

为了保暖，我戴着三双手套，穿着四双袜子，我甚至在杂货店买了一双42码的鞋子，是俄罗斯男人穿的厚底棉鞋，走起路来一摇一摆的样子滑稽笨拙，像偷偷穿上了爸爸的鞋子，假装威严的可笑幼儿。至于衣服，我穿了七件，不能再多了，因为我已经被这些穿在身上的东西绑架了。

真是讽刺，一个不名一文的年轻人，她孑然一身，冷漠，自私，没有规则。可现在，她竟然被自己的一身衣服给绑架了。

总之，朝着科隆前行的路变成了冰窖，而我也在冰窖中，换上了新的面孔，成了一个孤独沉寂、沮丧狼狈的女孩。

在叶卡捷林堡城外一间废弃的窝棚里避雪取暖时，我又遇见了一位独行者，她是一位骑自行车负重远行的西方女孩。我不知道她来自哪里，经过了什么地方。在那间窝棚中，两双扑朔的眼睛望着对方，两颗扑通扑通的心，隔着厚重肮脏的衣服，谁也听不见谁。

她吃了我给她的冷面包，我接受了她送的巧克力糖。雪停了，她朝着我来时的方向前行，我给陆远发完消息后，也走上了她来时的路。我们，一句话都没有说。

“如果 10 月 31 日前我还没到科隆，就不要等我了。”我告诉陆远。

这当然不是因为我不想再见他了，而是因为，我看见自己步入了一场迷雾中。我看见自己拥有前行的能力，但却缺失了更为重要的东西——爱和被爱的能力。

可陆远的回复是：“别着急，我等你，会一直等。”

“我等你。”多么迷人的承诺，多么简单的语言啊。但追随的路，怎么又是曲折遥远的呢？

是我做错了选择吗？例如说，我应该乘坐飞机。飞往科隆只需要 13 个小时。我为什么没有那样做？我应该那样做的。

现在，我恨死这辆摩托车了。一想到要骑在它身上，要在冰雪和大风中前行，我就想立马睡过去，睡在哪里都没关系，只要能原地不动，什么都不做就行。

只要我拧动油门，寒冷就会钻进我的骨头，它折磨着我。我从不追求皮囊的享乐，但折磨是另一回事。陆远好奇地问：有多冷？我就给他拍了一张停下车时，雨衣结冰的照片。

那些结在雨衣上的冰，会随着我的动作落下来，碎冰落地时，像我掉了一地的刺。

我无数次回忆起在成都认识陆远的那天，我们第一次见面的场景。在成都东郊的一间画廊里，展览的主题是“天上的眼睛”，我站在一幅从天空鸟瞰河流的照片前。反光的玻璃里，我看见陆远就站在我身后，他在拍照片，他在拍我。我的身体里像有一阵电流通过，它钻进了我的心。

我站在那幅照片前，一动不动，但我的心，已经不一样了。

离开画廊后，我在路边等红灯，又遇见了他，就在我身旁。

也不知道为什么，我望着他，莫名其妙地问道：“你害怕吗？”

他眉头皱了起来，不明所以。

我说：“说你害怕吧。”

他眉头皱得更深了。

“没关系，我保护你。”我说着，就拉住了他的手。

第二天，他就离开成都了，他告诉我，自己在科隆生活，很少回国。我没有在意这些,我又不和他一起生活。但他没有忘记我，他发来信息问我的地址。我就将北京那间黑色大房子的地址告诉了他。

“北京市，朝阳区，白桦路 522 号。”

他有些惊讶，告诉我，他的生日是 5 月 22 日。

我仍然不怎么在意，但不久后，我收到了一张从科隆寄来的明信片。

明信片背面印着风暴中波涛迭起的大海，正面写着：

我喜欢海，晴天时广阔无垠，可风暴来了，它就成了地狱，成了深渊。像人，有看似规律但又难以琢磨的两面性。

可能，那张远道而来的明信片打动了我，我翻出地图，迅速找到科隆的位置——欧洲大陆中北部，离我计划中的目的地伊斯坦布尔挺远的。但我还是抓起了手机，给陆远发去信息。

“明信片收到了。”我说。

“谢谢。”

连发两条信息后，我坐在大屋的天窗下，等待他的回信。可两个小时过去了，陆远都没有回我的消息。“6 月我会骑摩托车去伊斯坦布尔，途经欧洲，需要我来一趟科隆吗？”

几乎是下一秒，手机就响了。

“好！”这是他的回信。

“我等你。”他说。

我躺在那扇天窗下，屋里有音乐的旋律，也不知道是谁放的。

美丽的梭罗河，我为你歌唱！
你的光荣历史，我永远记在心上。
旱季来临，你轻轻流淌。
雨季时波涛滚滚，你流向远方。
你的源泉来自梭罗，
万重山送你一路前往。
滚滚的波涛流向远方，一直流入海洋。
你的历史就是一只船，
商人们乘船远航在美丽的河面上。

《梭罗河》的旋律轻轻的，慢慢的，穿过五彩天窗的光，乘着白桦树叶的影，在屋里荡漾着，温柔得就像在摸我的骨头。

“我等你。”

天哪，那是我所见过的文字里，最迷人的了。

在这年轻的爱还没有开始的时候，我的心就因为对爱的期待和承诺，变得高贵了。我开始想象我们见面时的场景，想象在古老的街道上，两个相爱的年轻人，他们嬉笑、打闹，他们拥抱、亲吻的样子。他们会把热乎乎的气息吹进对方的耳朵,然后再一口含住，下一秒，冰凉的耳朵就会像冰激凌一样，融化了。

可现在，10 月 30 日晚上 8 点，是我离开北京的第 151 天了。

我在汉诺威加油站旁停了下来，路边的指示牌显示：科隆，310 公里。

现在，这 20000 公里的年轻约定只剩下最后的 300 公里了。可庞磊森让我看到了自己的卑劣和矮小，我想，也许我是一个难以相处的年轻人，也许我孤独，需要陪伴和倚靠，向往爱和被爱。可是，我的需要和渴望，是趾高气扬、咄咄逼人的，带着冰冷的刺，蚀骨的刀。

“也许，陆远可以救我。他美丽的爱，会让我变得温暖、善良起来。”

对，他是光，是迷雾中的彩虹，是茫茫的雪地上，唯一的树，是我的希望。

陆远。他很高，我只认识了他一天，但我记得他的一切。他留着寸头，少年气的寸头。他喜欢登山，喜欢跑步，喜欢拍照和收集古老的玩意儿，他还收养了一条叫将军的流浪狗。更重要的是，他一点儿都没有我厌恶的那种傻气和规矩，笑起来的时候会露出一对虎牙，还有酒窝，掩不住的稚气，可爱极了。

用“可爱”来形容成人，大多有些讽刺，但对陆远，我绝无半分讽刺之意，因为他太好看了，而人是愿意将额外的宽容送给好看之人的。

我又想起了大河山岭的小四。他多好看啊，但他就从来没有享受过他人这点儿额外的宽容。这是因为，在大河山岭，好看太不重要了。真希望他已经摆脱了那些不该属于他的屈辱，拥有了新世界的生活。

我拧紧油门，140 迈。自从离开萨彦岭高地后，我就再也没有这样，以这辆摩托车的极速驾驶了。头盔外，依然是划破长风的呼啸，风声轰隆隆地响，敲击着头盔的四壁，像人的脑袋里，闯入了一条激流勇进的河。

> “这么远，你终于到了。”
> 我只闻见了他气息里的酒香，看不见他的样子。

我在桥头停车，蓝色的标示牌上写着：“科隆，左转，3 公里。”

我揭开头盔，空气的味道中既有水草的清，又裹挟着泥土铁锈般的腥，闻起来，和我的大河山岭一模一样。但这是莱茵河的味道。

我满脑子都是他们，我的一家人。

他们回大河山岭快半年了，也不知道这半年来，大河山岭有没有发生什么新鲜事。那间空置了十年的青瓦房,有没有恢复生气？要知道，离开了人的房子，是会“死去”的。另外，小四还在大河山岭吗？这些都只是我心底的声音，我不会告诉任何人。但我在心里怪责他们，竟然没有主动给我打来一个电话，告诉我这些。

我拿起手机。原本我想的是给妹妹，或者父亲发一条信息。但我还是只把陆远的电话翻了出来。

“到科隆城外了，还有 3 公里，旅馆见。”

发完这条信息后，我便跟着手机预设的导航路径，朝约定的地方驶去。坦白来说，我根本不在乎那是那里，周围是否有值得一去的景点，只知道，那是我和陆远相见的旅馆。我不关心科隆，不关心这座颇负盛名的城市，无论是它伟大的历史还是动人的故事，和我有什么关系呢？它们属于与这座城市为伍的人。

不仅是科隆，我所途经的任何一个地方，都被我无情地忽视了。我还记得莫斯科的红场，赫尔辛基的海滩，华沙的动物园，但我和它们的关系仅仅是，在某一个时间，我从那里路过，看见过它们。就像生存主次明确的关系，世界是我的主人，而我是它战战兢兢的仆人，我属于它，完全属于它，但我不关心它。

在旅馆门前停下车时，仪表盘上显示：21300 公里。

“到了！”我在心里喊道。

眼前，街道的路灯昏黄，陈年的石板路湿漉漉的，空气中的味道，是城市临睡前的呼吸，带着酒精、餐食和烟的气味。街角酒吧传来的音乐声里，还裹挟着年轻人亲嘴的滋滋声。

突然间，我感到了不明所以的失落。

“啊，我到科隆了，我怎么就到科隆了呢？”

如果那逐日的夸父，在刚刚启程的时候，就逐到了心中的太阳，那他该多失落啊！我也不明白我为什么会有这样的念头，也不知道这样的失落是在哪一刻萌生的，但此时此刻，我慌了。

“练明乔！”

我这不明所以的失落，被陆远的喊声驱散了。

在我还没有真正反应过来时，就感受到了他的体温，它温柔地触碰我的领口，又迅速钻进了我的身体。痒痒的。

“这么远，你终于到了。”我听到了他的声音，但他的拥抱太用力了，我只闻见了他气息里的酒香，看不见他的样子。

“是。”我说。我的声音很小，像一头刚刚离开洞穴的小兽。它鲁莽又胆怯，既怕暴露了自己，又怕自己过于笨拙，会失去这份漂亮的，终于奔赴跟前的爱。更重要的是，我还没有从刚才的那阵失落中清醒过来。

陆远抱着我的手臂更用力了，而我却连气都不敢喘一下。

“对，我到了。”我说着，睁开眼。

紧接着，我就颤抖起来，我突然看见了十年前，成都，汽车北站。

我看见母亲在人群中，在烈日下，她一分一秒地计算着大巴车到站的时间，汗水从她的额头落进眼睛，夏季的汗液盐分很多，有些刺眼，她用手指用力挤压着眼球，试图把那刺目的汗水挤出去，她还要从人群中探出身来，朝车辆进站的方向望去。

我看见她既紧张，又兴奋，可随着时间流逝，等待变得漫长，这些欢庆渐渐变成了担忧，变成了无法控制的愤怒。总算，她看到了我——从大河山岭来到成都的我。

可是，在那一刻，她被贫穷、炎热、愤怒控制。见到背着包，走到她面前的我，她扬起了手臂。看着远道而来的孩子脸都肿了，她心痛了，也愧疚极了，但她不能承认。因为，她生命的权利被贫穷消磨得所剩无几，但变不了的是她母亲的身份，以及可以随意殴打孩子，且不必承担道德责任的威严和权力。

凌晨3点，旅馆房间里，陆远的呼吸规律平稳，他睡得很好。

但我就不一样了。我用了7个小时，跑完了500公里的路，我很累，身体中像有铅，眼皮上像有胶，但我的心，却不得安宁。

我坐在床边，望着窗外。蒙蒙夜色中的科隆，这座经历过无数生命沉浮、时代变迁的城市，正在一点点地，被一幅我所熟悉的画卷——山岭、大河、竹林所替代。

沉寂的城市上空，悬浮着一条缓缓流淌的大河。河面上，一叶陈旧的竹筏卖力前行，听起来，那桨片推水的声音已经竭尽全力了，但一点儿用都没有。因为，大河没有允许它离开这里。

我忘记自己是怎么睡过去的了，但我知道，那一夜，我睡得很差。

我还记得自己的梦，梦里，我看见了年轻女孩裸露的身体，她后背朝上，悬浮在河面上，像蚂蚁爬行般，缓慢地朝河岸的方向飘去。颠倒的身体很沉，一点点地浸入河水。有时候，河水会淹没她的鼻腔，我看着这些，眉心处便传来清晰的，难以忍受的剧痛。我还能看到她身体里的血液倒流着，随即，我就替她感受到了濒临死亡般的窒息。

对了，我还听见了喊声，喊声来自河岸的竹林，一声声的呼喊轻抚河面，起了风，敲击山岭，起了雷，回音一声又一声。

“丽娇，丽娇。”

我听清楚了，是小四的声音。

关于梦，人们大多会笼统地这样解说：你所做的梦，代表着你生活中，那些没有得到解决的焦虑。

如果这些就是我的焦虑，那它到底是什么呢？我为什么会看到裸露的人？看见颠倒的身体？感到濒临死亡的窒息？还有，我为什么会听见小四喊我名字的声音？

第二天一早，陆远就像我在画廊中第一次见到他时那样，阳光、幽默、热情，还有一丁点儿害羞。他当然是好看的，甚至，在科隆的旅馆里，穿着橙色外套的他更好看、更可爱、更精神了。

旅馆的老板，一位白发苍苍的德国老翁，羡慕陆远有年轻的情人远道而来。他将早餐放在陆远面前，说：“只有爱能消抵万难，你可真是个幸运的年轻人呢。”

陆远侧过头，趴在旅馆餐厅的高桌上，眯着眼睛问我：“你是为我而来的吗？”

我的心立马就跳到了喉咙口。我紧闭着嘴，埋下了头。

“不是。”一番故作冷静后，我说道。

真的不是吗？但又为什么是呢？我不知道。不要再问了。陆远笑着，没有再多说。倒是那老翁又拍了拍陆远的肩膀。“好好珍惜。”他说。

“他让我，好好珍惜你。”陆远将老翁的话重复给我听。

我的手心冒出汗珠，目光四处躲闪，不知道该落在哪里。

“哈哈哈！”陆远大笑着，“你不是让我别害怕，要保护我吗？”

我点头，笨拙地点头。我怎么了？3月时，我还大大方方地在路口叫嚣着，说要保护他呢。可今天，我怎么就这么扭捏，这么小气了？难不成，奔赴后得来的，还不及在瞬间获取的欢喜？我对自己现在这个样子，失望极了。

“一起去伊斯坦布尔吧。”

我抬起眼皮，说道。

陆远又皱了皱眉。

“不是早就说好了吗？你忘了？”

是吗？我说过要和他一起去伊斯坦布尔？什么时候？我不记得了。

“今天就走？可以吗？”

陆远眼睛扫向一角。

“不行，明天，明天才行，我要去一趟杜塞尔多夫，晚上才能回来。”他说。

“好，那我们明天就走！”

我抢着说道。

陆远点头，他答应了。

陆远要去一趟杜塞尔多夫，他没有说为什么，我想知道，但我不会问他。我送他去中央车站乘坐火车，路上，他跟我说了很多和科隆有关的故事，有他在这座城市中经历的，也有一些“搬迁而来”的、发生在别人身上的趣事。他很轻松，显露着欢喜，我真是羡慕，因为我拘谨极了。

在他面前，我所做的回应总与期望的不同，说出来的每一个字都是愚钝，做出来的每一个动作，都显得笨拙。我甚至不敢把行囊中的那个弹弓送给他，好几次，我已把弹弓捏在了手里，但无论如何都没有办法说服自己，将这礼物递到他的面前。

我分不清这是令人喜欢的害羞，还是令人难堪的拘谨，但陆远率先做出了努力。他欢欢喜喜地向我展示他新买的头盔，像小孩一样穿上我的骑行外套，假装取笑我的衣服他穿上也十分合身。他还不厌其烦地跟我讲了无数的笑话，无数的故事。可我总是垂下头来，轻声回道“嗯，好的”，“对，听你的”，“哦，这样啊”，像一只温顺又小家子气的羊驼。

开往杜塞尔多夫的火车离站前，陆远嘱咐我说，这科隆每年入冬时都会先下一场雨，我可以回旅馆等他，或者在雨里逛一逛科隆城。

“我在科隆生活了十三年，这里真的很有意思，你会喜欢的。”他说。

我低垂着脑袋，轻轻点了点头。十三年前，我还在大河山岭渴盼着我的母亲，允许我和他们在一起。

“走了。”临走时，他亲吻我的耳朵。像我想象中那样，暴露在空气中的耳朵,一下子,就融化了。可我的身体却紧绷着,动弹不得。

火车驶离后，我才重新回过神来，紧绷了一整夜的神经，总算得到了松懈，但我的心，还是慌得不得了。我喘着粗气，每向前走一步，都感到身体摇摇晃晃的。我无法停下来，只能沿着街道往前走，不知道走了多久，也不知道累，更不知道自己路过了些什么地方。没有人和我打招呼，我也不用理睬任何人。

突然，我听到一阵刺耳的声音，就来自我脚下。

我低下头一看，就惊呆了。

我看到，我的双脚被一副铁镣锁住了！每走一步，拖行在水泥地面的铁链，都会发出刺耳的叮当声！

天！

我成了一名……一名囚徒！

我难堪极了。是谁给我绑上的镣？是什么想要拖住我的身体？我想斩断它。但没有用，因为它是无形的，它只有刺耳的声音，和沉重的触感，除了我以外，没有人看得见它。我感到自己的身体很轻，很轻很轻，像悬浮的气球。我与地面的关系，全靠那副看不见镣维系。我不能斩断它，也斩不断它，就像孩子手里紧紧拽着的那根细若游丝的绳索，一旦绳子断裂，气球高飞，短暂的自由之后，是在高空中四分五裂，化作碎片，变得无影无踪的悲。我得留下来，把这副镣铐留下来。

我又听见了“当当当”的声音，不是我的镣铐，而是钟声，是教堂的钟声。

我拖着身体，迈着沉重的步伐，朝教堂走去。我不是信徒，但人在脆弱的时候，总是希望有所倚靠。在这陌生的科隆街头，没有什么是值得我倚靠的，但宗教是一种不需要思考的“美德”，它给予人庇护，给予需要容身之处的人庇护。可是，当我看见那神秘高耸的教堂，竟然有着阴阳两面时，我迟疑了。

它的建筑原本是淡黄色的，表面却附着一层斑驳陈旧的黑，就像在原本的颜色上，又重新刷了一层漆。为什么教堂有两种颜色呢？是谁为它粉刷了另一种色彩？我不知道。我走进教堂，我看见虔诚的人低下头来，他们有的低语，有的无言，也有的像我一样，仰望教堂的穹顶。

我感到有人在拉我。

是一个年幼的男孩，他一只手拉着我的衣角，一只手伸出来，摊开着。

“有零钱吗？”他怯怯地问道。

他的声音很小，像一头初生的小兽，鲁莽又胆怯，也像我。

我一边大发善心从衣兜里翻找硬币，一边颤颤地说：“小孩，你发现了吗？这间教堂的外墙有两个颜色。站远和凑近了看，像两副面孔。”

“如果你多给我 5 欧元，我就告诉你科隆大教堂为什么有两个颜色。”

那男孩学着成年人精明的模样，让我笑出了声。为了让自己的话听上去更可信，他在和我说话的时候，会把眉毛挑起来，头还不忘轻轻朝后一扬。

呵。我在心里笑男孩稚嫩的“市侩”，但还是又抽出 5 欧元，递给他。

他把钱装进衣兜，又按了按自己的荷包，很明显，他满足，并因为满足而开心着。

接着，他才告诉我，很多年前，这座叫科隆大教堂的建筑外表华丽光亮。可是，在工业侵蚀和酸雨污染下，教堂的建筑表面就变色了，变成了黑色。政府部门想清洗这座被污染的教堂，不惜从莱茵河引水冲刷，可无论怎么清洗，都难以复原它的本色。最后，他们干脆接受了教堂“阴阳两面”的现状，把它被污染后的面貌留了下来。他们说只有这样，人们才会记得，人类急急追逐，肆意地发展破坏，会为世界留下什么清洗不了的肮脏痕迹。

听着男孩告诉我这些，我一点都不觉得荒谬。我想，人也是一样。不过人不是建筑，想要清洗自己更难，而敢以被污染后的面孔示人，以警示他人的，更是寥寥无几。人没有给自己的同类，预留出那么多的宽容。他们愿意赞美冰、赞美山、赞美河流、赞美一切，还会赞美狗，就是不愿意赞美同类，特别是，赞美和他们同属一个阶层，或是地位更低下的人。

这下，我干脆把身上所有的硬币都掏出来递给男孩。他更开心了，我想，接下来，他可能见到年轻的中国女孩便会大胆问道：“你们想知道这座大教堂‘阴阳脸’的故事吗？只要 5 欧元，我就一五一十地告诉你们。来吧，把你们的钱掏出来，换取我所知道的无用之事。”

我回到车站，就在车站前的台阶上坐了下来。

“你还会回来吗？”我给陆远发去信息。

“你在说什么？哈哈。”他回道。

“晚上 7 点就会回来，你等着我。下雨了，就在旅馆等。”

“好。”我说。

事实上，我已经在这里，坐了 5 个小时了。

> 纸条上的四个大字，成了上膛的子弹，
> 借这把我亲手制作的弹弓，击中了我。

我们又启程了。

我们，我和陆远一起。

路线是陆远安排的，从科隆南下到斯图加特，再向东，朝奥地利的方向行驶。摩托车上的行囊，并没有因为陆远的加入而突然变多。他只有一个背包，绑在摩托车尾部的行李箱上；一个铝质水壶，放在左边箱与摩托车焊接的钢架缝隙里；一个小酒壶，装满酒，放在他自己的衣服口袋里，随时都可以取出来喝上一小口，就是这样，就是全部。他是旅行的好手，知道什么是需要的。而我走到今天，行囊中仍然有一大堆派不上用场的玩意儿。

也包括那个还没有送给他的弹弓。

陆远对德国十分熟悉，法兰克福的工业、斯图加特的历史沿革、慕尼黑火辣的女郎和啤酒等等，像我熟悉大河山岭一样，每到一处，他都尽可能用他所知的故事缓和我们同行的沉闷。

可没有用。

他没有做错，也做得很好，但他越是热情，我就越是难以放松。

这已经是我们同行的第四天了，这四天下来，陆远有些疲乏了。令他感到疲乏的，不是乘坐摩托车远行，而是我们的关系。现在，我们是坐在一辆摩托车上，日夜相处，亲密得几乎没有了距离的两个年轻人。但我所指的距离，只是两具皮囊之间的刻度。而那皮囊之下的骨骸和真心，却是高山垒起，难以逾越。

除了前行必要的交流外，我们已经没有什么多余的话说了。他会像手机里的语音导航一样，在路口提醒我，接下来该直行，还是转弯，而我在收到他的命令后，不需要做出什么言语回应。我们俩，像装在卡车尾厢中，吃在一起，睡在一起，从一个地方运往另一个地方的两只家禽。

在我来时的途中，即便只是几条信息，也能成就我们两个年轻人专属的亲密和快乐。可没有想到，当这条漫长不可及的西行之路到了尽头，距离一点点消失，换成两人比肩同行时，那看不见摸不着的距离却产生了。心里渐起的高山，真是令人沮丧，令人窒息。

但我不是那移山的愚公，改变不了这些。这一天，我们在一处湖边停车休息，陆远站在湖边，拿着手机，对着湖水拍起照来。

"哈尔施，全世界远道而来的人，也不过是想看一看它。你难道没有兴趣吗？"他转过身来问我道。

啊？他说什么？我没听清楚。可我没有再问，只是摇摇头。

"我去逛一逛，你要在这里，对吗？"他又问。

我点点头。

他低下头来轻笑。

我都不知道自己在哪里。虽然陆远刚刚才说过，我们在奥地利的某一个地方，可不知道是我没有听清楚，还是这些陌生的地名对我来说，只是一些不同的音调而已，我记不住。

我望着眼前的村落……村落？我竟然把眼前这个精致美丽的地方称为村落？陆远走后，我才放声嘲笑自己。现在，只有陆远不在我身边，我才能松懈下来，感到轻松。

正午，光线充足，湖水清澈，水底青苔可见，湖也成了碧绿色，像一块巨大的翡翠，一整朵云的阴影落在上面，像一条巨大的，缓缓游动的鱼。湖面边缘倒映着树木茂盛的蓬勃山谷和漂亮的民居，山顶积雪了，像一顶白色的帽子。

多美啊，我在心里赞叹。可我的赞叹没有说服力，因为我心里真正想的是，这里美丽，沉静，就像那些画师笔下，令人神往的世外桃源，可它和我一点关系都没有。更何况，这里的井然有序对我来说，是一种天然的疏离，不是我所理解、认识的人间。但我也不得不在这种美丽面前低下头来。在它的静谧有序中，我像第一次踏入都市领地的农妇，越去了解它的规则，就越发显露了自己的愚笨和荒蛮，还有一无所知。

我想起大河山岭，想起光着身子、光着脚丫的孩子们。他们的身上沾满了泥，指甲缝里也黑漆漆的。他们很脏，也没有什么规矩，可他们追逐嬉戏时的喊声，成了光，成了河，成了源源不断的生命力量。

我把头发扎起来，扎得很紧，头皮传来极速收紧的快感，让我清醒。

我这才想起，自己从来没有这么想念过大河山岭，想念那些没有什么规矩，却早早学会人世精明的孩子。

“走吗？”

陆远回来后，拆开一颗糖递给我。

我接过糖，放进嘴里。很酸。

“嗯，走吧。”我说。

这一天，我不停从摩托车的后视镜中偷偷看他。他的头盔是黑色的，只露出那双眼睛。他的眼睛，和小四一样是单眼皮。说起来，陆远的鼻子也和小四的一样，鼻梁俊秀挺拔，鼻根微微拱起，像一座小小的山。

我想，我之所以会喜欢陆远，也许正是因为小四吧。小四他一直都在我的心里，像一个隐形的符号，为我在人群中做出标记，好让我分辨出哪些是与这个记忆符号相同的人。

我甩甩头，凝视前方。现在，我们已经离开了欧洲平原，山地渐起，盘蜒的公路像龙，隧道一个接着一个，短的，长的，也有半封闭的，穿行其间，让我觉得自己像一把插入锁心的钥匙，只是不知道，是否进入了匹配的锁口。总而言之，富庶的欧洲平原消失了，阿尔卑斯山，打开了它的门。

傍晚，公路就下雨了。

大雨入夜后，温差很大，头盔结霜严重，吐出来的气息立马就会挂在面罩上，什么都看不见了。只能把头盔半掀开，让冰冷的空气钻进来，才能平衡内外的温度，驱散呼吸的霜雾。

我们湿透了。

我甚至能感受到贴身的衣物，也像冰冷的铁一样，把我在摩托车上冷冻起来。不过，我可是刚从俄罗斯“冰窖”来到这里的，虽然很冷，但我习惯了。

不过，我很担心陆远。

虽然这几天前行下来，他已经适应了乘坐摩托车前行的劳累和无趣，也接受了冬季的摩托车旅行，并非想象中那样，意味着在美妙的风景中自由自在地驰骋。

冬季，选择摩托车旅行，是愚蠢的。

但我不在乎，毕竟，我不觉得自己是个旅行者，也没那么在乎旅行这件事。可对陆远来说，这是期待已久的礼物。不过，他真正失望的是，自从坐上了我的摩托车后，他的热情也被隔绝了。

这两年，骑乘摩托车旅行的文化，正在进入年轻一代人的视野。它像苦行一般，神秘、充满挑战，又意味着自由和驰骋，是现代公路上引人注目的旅行方式。有幸，我成了骑行者中的一分子，但我不想强调摩托车旅行的伟大和光辉，因为这不是它的全部。以摒弃渺小和苦难的方式来构筑伟大是狭隘的。所以，陆远看到了骑摩托车远行时与人群隔绝的孤独，不知道他是否接受了这种挑战，但他什么怨言也没有说出口。这些天以来，我发现他是个懂得礼数的人，而对我这么一个远道而来，亲密却又疏离的“陌生人”，不露出怨言，也是礼数的一种。

或者说，他只是想保护我的脆弱。很明显，我的到来给他造成了麻烦和束缚，而不是爱的快乐和惊喜。对他而言，我就像是跨越万里而来的礼物，只不过，拆开后的礼物，不是想象中的样子。人间的沮丧和失望有很多种，而期待的珍贵成了平凡，成了麻烦，是多么残忍、令人失望啊。人和人之间，那可估量的距离，在前行的路途中消失了，可两颗心之间，那看不见的高山悄然而起时，该如何逾越呢？

这一刻，陆远很冷。每一次，他揭开头盔面罩，喊着告诉我前行的方向时，他的声音都冷得颤抖，还有着几经礼数掩饰的不耐烦，只有一丁点儿，但我听得见。我们为什么不找一间旅馆住下？因为，在那座悄然而起的高山面前，我成了声音的囚徒，失去了正确表达自己的能力。我只是将摩托车的前行时速控制在50迈左右，挺直身体，想给他多挡一些雨，也许还能让他暖和一些，这就是我的表达，笨拙的声音。身后的陆远一点动作都没有。如果不是因为太冷的话，我会相信，他已经疲倦到睡着了。我感到内疚，觉得对不起身后的漂亮男孩，我的意思是，我就不应该让他和我一起来到公路上，让他受这些体能的折磨，精神的苦。

我又把头盔面罩掀开了些。

冰冷的雨夜，空气中有腥味。公路上，车流不多，摩托车大灯亮着，照着前方的马路，雨像密布成线成雾的冰晶，而我们，这两个年轻疏离，冷到僵硬的年轻人，成了没有魂魄和生命气息的雕塑。真是孤独啊。

就在这时，这公路的冰晶雨雾被另一盏车灯照亮了，光线汇合冲撞到一起，像宇宙中相撞的行星。

“天啊！有车！”

当我意识到，我们就要撞上那辆不知道什么时候窜出来的车时，我紧捏刹车，脚刹也死踩下去。摩托车失了控，车尾剧烈摇摆。我双臂尽全力稳住车头，双脚拖行在地面上，试图掌控失控的车体。

地上的积水被划破，溅起高高的水花。

“你干什么！”

我把脚当作锚，摩托车在公路边的绿化带安全停了下来。还没有完全揭开头盔，便听到了陆远的吼声。

“有车。”我说。

“在欧洲，直行的车辆是有优先权的！你直行，你优先，不知道吗！”他吼道。终于，他可以发泄自己了。

“直行的车，拥有优先权。但冲过去可能会伤到你，而我想保护你。”

这些当然只是我心里的声音。

陆远似乎意识到了自己的失态，他极力压低自己的声音，想要恢复平静的情绪，但这很难。

“你看，它停下来了。”他说。

我重新启动摩托车，不言语，不争论，继续向前驶去。躲避，仍然是我面对难以解决的矛盾时，最好的保护膜。不过我想起了庞磊森，在我朝他大吼的时候，他也是这样，低着头，一句话都不说。

人，真是怪物啊，有一天你这样对他，明天也会被别人如此对待，就是这样，好像人的位置和角色，都是为了对方才出现的，是相对的。

晚上9点，我们才总算在一栋大门紧闭的木屋前搭好帐篷，安顿了下来。

那时雨停了。

换上了干衣服后的陆远，正在为帐篷挂营灯。我站在外面，望着它。这顶帐篷是黑夜中唯一的光亮。绿色的帐篷，散着翠绿的光，像一颗埋在土壤深处，第一次被人挖掘出的原石——翡翠原石。它沉寂在黑暗深处，人造的光第一次照在它身上，只为了检验它到底有多少价值。

也不知道庞磊森乘上那列开往莫斯科的火车后，遇见了什么？有新的同伴了吗？再次启程，到德国了吗？还是说，他回四川了？今天，我仍然希望他离开了公路，回到了自己熟悉的地方，回到了温暖的房间里。真的，为什么人要过这种飘飘荡荡的日子呢？有什么事，是不能在安稳和温暖中解决的吗？

想到这里，我顿住了。

不知道为什么，我不敢想下去，就好像，我在质疑的不是庞磊森，而是我自己。

营地很静，帐篷里，陆远拧开酒壶的声音格外清晰，我甚至能听见一大口酒，从他的喉咙里咕噜滚下去的声音。

突然，他掀开门帘。

一声“哗啦”，打破了营地深夜里静寂的沉默。

“快进来。”他说。我听见他的声音里，有着不能说出口的失望和歉意。

我朝他走去，站在帐篷前，低下头，借着帐篷里翠绿的光，望着陆远。他的脸好小。他也望着我，眼睛里有一颗小痣，就在眼白和眼珠相接的地方，还有他的鼻子，我最喜欢的，像小山般拱起的漂亮鼻子。我的目光在他脸上游走着，我又想起自己对他一无所知，只是因为在某一刻，他激发了我的荷尔蒙，为我带来了快乐，我就对他有了额外的贪图。这样的贪图是爱吗？不，现在看来，更像是一种没有方向的，自私的求救。

不知不觉，我又向前走了一小步，想弯下腰亲吻他。

“别动！”

陆远喊道。

我停下了所有的思绪，以及想要亲吻他的动作。

陆远在我的脚边发现了一枚硬币，那是两瑞士法郎。

他捡起那枚硬币，用衣角擦了擦，递给我。

“礼物。”他笑着说。他的笑，让他看上去像一个刚和最要好的小伙伴打了架，又不得不求和的孩子。

“你自己留着吧。”我在帐篷里坐下来，望着停在对面的摩托车说道。

他收起那枚硬币，又喝了一大口酒。

“你不喜欢我，为什么要来找我？”他说。

我皱起了眉头。坦率来讲，他问了一个好问题，但我从来没有设想过他会这么问，更加不知道该如何回答。因为，我也不知道自己的真心。

我想，我应该坐在他身边，假装生气地指责他的愚笨，或者将头靠在他肩上，轻声责问他：“我不远万里来到你身边，你怎么会觉得我不喜欢你呢？”

然而，在一番无用的心理建设之后，我只是故作冷静地问道：“为什么这么想？”

“哈！”陆远笑出声来，露出了他可爱的虎牙。

“你不喜欢我，就不该来找我。”

他这么说的时候，我慌张极了，我不停地在心里想：他怎么会这么想？他是不是对我失望极了？他是不是要离开我了？我们要分道扬镳了吗？如果他走了，我还会去伊斯坦布尔吗？

为了解救自己的慌张无措，我想起了那个弹弓，它就在我的外套口袋里。

“我给你准备了礼物。”我说着，从口袋中取出弹弓，递给他。

他接过弹弓，神色渐渐舒展开来，就好像刚刚的疑问得到了答案。

“是你做的吗？”他问。

我用力摇头。

“不，路边买的。”我说，“就在西伯利亚，老太太在公路边卖土豆，也卖一些手工玩意儿，你看，她做得不错吧，我觉得你会喜欢。”我一边补充，一边带着怯意观察陆远的表情。

他望着我，我立马躲开他的目光。

“练明乔。”

听见他喊我的名字，我把脸别开，再低着头。我能感受到脸上很烫，呼吸也是急促的。

陆远伸出一只手来，轻轻揽过我的头，他的指腹抚摸着我的头皮，头发根部传来迷人的沙沙声，像风吹竹林时，银河下凡的声音。我喜欢这个声音，也喜欢他的嘴唇，软绵绵的，像一块甜度适中的橡皮糖。

清晨。

风从帐篷门帘的缝隙中钻进来，空气是冰凉的，还带着泥土的腥。

帐篷外，正前方不远处是一片湖。清晨，湖面上方还留有水气，水雾点点上升，直至山脉间植物稀少的地带才消失，山脉高处已有皑皑的积雪，松林成了银。

眼前陌生的山脉和湖泊，裹挟着自然的无声问候，迷人极了。第一次，我似乎在自然之中，听到了来自自然的声音。我想，之所以有那么多人，他们希望与自然为伍，正是因为它辽阔、丰盛，历经了千百万年，在时间的规律中，它经历过毁灭，经历过重生，可这些所谓的毁灭和重生对它而言，都是无关紧要的。

而人的生命相比永恒的自然，像茫茫雪域中的一颗尘，戈壁间的一粒沙，海洋中的一滴水，太微不足道了。而人是崇拜“伟大”的。他们在完成了关系、利益、身份的构建后，会渴求一种更崇高的“伟大”来崇拜。可在人间，更多的，是与人自身平级的事物，评判它们的标准也并非恒定不变。真正伟大、值得尊敬的太少了。可自然不一样，它有一套规则和宿命，区别于其他的生命体系。

我开始寻找陆远的身影。

他很早就起来，离开了帐篷。我看见他蹲在湖边，一边搅动着湖水，一边清洗着什么，也许是酒壶。

我应该去崇拜陆远吗？我是说，去崇拜一份年轻的，可能会很美好的爱？我一边想，一边自行摇头。我不是在否定这个问题，而是根本就不知道，一份年轻的爱是否值得我追随崇拜。我不是在质疑爱的伟大，而是在质疑爱本身。爱是不可以标准量化的东西，就像庞磊森所质问的那样：爱是科学吗？

那一天，我没有回答他。今天，我可以面对他的问题了。

“爱不是科学，爱是不能掺杂计算和企图的玄。就好像，一个家庭，血脉是科学，但那不是爱。如果一家人之间出现了什么解决不了的难题，那不是因为血脉的科学出了问题，而是因为爱，因为他们的感受出现了问题。”

就在我想到这些的时候，我看到了一张字条，就在帐篷门前。它被压在弹弓下，是昨夜我送给陆远的那把弹弓。

山涧吹着冰冷的风，弹弓下的小纸条被吹得呼呼地响，像一只被困住飞不走的鸟。

“我结婚了。”

纸条上的四个大字，成了上膛的子弹，借这把我亲手制作的弹弓，击中了我。

> 这一刻，
> 我的世界，起风了。

我站在陆远身后，头靠在他的肩膀上，手指轻摸他的脸，小心翼翼地，像抚摸一个少年刚刚吹好的肥皂泡泡。我把选择的权利交给他，不是因为我大度洒脱，像个圣人，而是陆远的坦诚，让我好奇我这位年轻漂亮，有着婚姻的情人，到底是一个什么样的人。如果他为这偏离了生活轨道的旅程感到愧疚，他可以离开。现在，或者任何时候，他都拥有回到自己轨道的权利。

但如果说，他是一个软弱、贪婪、不知道自己要什么的人，那么就和我一起，在错误中，在解决不了的无用愧疚中前行吧。抛开那些我根本就不关心也没学会的道德，我们两个胆小无用的人结伴同行，倒是很般配，没什么不好的。

他留下来了，这就是他做出的选择。

我既感到失望，又感到一阵霸占着不属于自己之物的快乐。

很明显，陆远和我一样，是生活的逃亡者。我们都步入了生活困顿的迷雾，我们在迷雾中相遇，有着同样的不知所措，有着同样既不敢拆穿，也不敢奋力穿越的软弱。也许我们都想停下来，却又不敢停下来，毕竟，迷雾茫茫，没有光，没有色彩，除了脚下的几平方米以外，路消失了，方向也无影无踪。

我也试图去相信另一个答案，例如说，陆远是一个温柔、得体、有礼数的年轻人。对他来说，拒绝别人，或者离开，都是不留情面的伤害和粗鲁。这一类人，在找到更得体的办法之前，宁愿违背自我意愿。也许他们能等来办法，或者，永远错下去。

就这样，陆远用了四个字的坦诚，让我目击到了他的软弱，但这丝毫不影响他在我心里的位置，反而，我为在他面前终于找到了平等而窃喜。因为，我们的软弱和逃避，让我们成了灵魂没有区别的共同体，也因为这点儿软弱和逃避，我们之间终于有了公平。

他解放了我，释放了我犹如一头年轻恶狼般，不受道德和礼仪约束，甚至不受环境约束的野蛮和贪婪。只要他不说离开，我也就闭口不提。

谁能指责我呢？谁都不能。

两天过去了，我们行驶在阿尔卑斯山岭地带，我已经不知道我们具体在哪里了，路线是陆远安排的，他会在清晨出发的时候告诉我，今天我们会朝哪个方向行驶，沿途路上，他替代了地图和导航，会在行路转变之前提醒我，接下来该怎么走。而我的身份则完全成了一名司机，一名不需要知晓路途，也可以顺利前行的司机。

现在，一辆从中国开来的摩托车，载着两位既不像情人般亲密，也不像朋友般轻松嬉笑的年轻人穿行在阿尔卑斯，他们时而路过积雪皑皑的路段，时而遭遇绵绵冰雨，身边的景色有时壮阔，有时静谧无声，但他们的沉默，就像两颗被剥去了壳，只剩薄薄内膜包裹的生鸡蛋。他们都有各自的担忧和软弱，也许各自有所贪图，只要再撕开一层，蛋液就会四流，残存的贪婪也会化作乌有。

等吧，我们都在等，也许会等来一场得体而符合礼数的分别，也许会等来一场互相嫌弃的难堪和决裂。我们都是宁可背负着错误的选择，也不肯，更不敢撕开真相的软弱者。就是这样，我们还能等来什么呢?

阿尔卑斯山涧的风，敲击在头盔、摩托车，还有我们年轻的身体上，终于，它把这些残存易碎的幻想，敲出了裂缝。

这一天，我雨衣腋下的部位开裂了，一道巨大的口子敞开着，像难看的门。风跑了进去，雨衣被灌得像气球，是陆远先发现的。鼓起来的衣服挤得他很难受，我在摩托车后视镜里看到他在笑。

终于，路过一座小城时，他建议我停下来，等一等。他离开了一小会儿，回来的时候，他带着食物、酒，还有透明胶。

他把食物给我,热的汉堡,很香,我嚼了起来。他喝了一大口酒，然后把它装进口袋。

“举起手来。”他说着，站在我身侧。

我不明所以，但还是照做了。我看到，雨衣的裂口已经开到肋骨的位置了，真难看。

“我脱了，扔掉，再买一件。”我说。

“不不不。”他一边说着，一边撕开胶带。

“衣服也是人的选择，因为有一点问题就扔了，它应该会很伤心。”陆远刻意把眉头皱得很深，做出滑稽的样子。与此同时，他已经把胶带的一头贴在了雨衣开裂的地方。

“你是认真的吗？”我笑道。

“好像是认真的，又好像是在胡说。”他也笑出声来。

“你难道不觉得，这是一种绑架吗？只是一件衣服而已，坏了，没用了，如果我们还有能力，就再买一件，再选一次，不好吗？”

“没有，没有不好。”

“我就是觉得，我生活中所有的物品，无论是衣服还是房子，甚至包括我的酒壶，都是因为我对它们喜欢，才拥有它们的。随着时间推移，有些东西会出问题，但即便它们都坏到不能再用了，我也舍不得扔掉。我会把它们擦拭得干干净净，陈列起来，欣赏，怀念。”陆远又解释说。

“舍不得？”我大笑着，没有继续说下去。

摩托车后视镜里，陆远利落地贴胶带的样子，让我既感到一丝荒诞和滑稽，又感到了一个漂亮男孩生活的柔情。我还想起了我的母亲。想到她，我笑得更大声了。

“啧啧，”他取笑道，“笑什么呢？”

笑什么？我也说不上来，但我还是认真想了想后，告诉他，有一次，我跟着年轻的裁缝母亲走亲戚，路边的荆棘划破了我的棕色连衣裙，母亲剥下树皮，搓成了一条绳子，把划破裙子的荆棘当针，不一会儿就把那条裂口缝了起来。棕色的树皮绳和连衣裙融为一体，不仔细看都找不到缝补的痕迹。

说完我才想起来，这是我们在科隆见面，又同行了一个星期后，我第一次跟他讲起自己的事。

当然，我不会告诉他故事的另一些细节——在做这些的同时，我的母亲几乎在咒骂，训斥着我划破衣裙是多么愚笨。但是，我突然对她那时露出的，令我难以理解的愤怒感到了释然。我想，那时候，我的母亲心里应该很苦吧。因为，人只有在面对自己的无能为力时，才会愤而攻击身边所爱。

“好了。”陆远拍了拍我腋下，我赶忙把双臂夹了起来。

陆远笑了。“缝好了。”他说。

我抬起手来，在摩托车后视镜里反复端详着他为我缝补的裂缝。很奇妙，透明胶把那条裂缝粘了起来，只剩下一片反光的痕迹。

听我说起母亲，陆远突然换了一个话题。

“练明乔，我可能从来没有说过我喜欢你拍的照片。”他很干脆地说，好像这是他早就想说出的话。

“不，你认识我那天就说过。”我纠正道。

“哦，对。在成都。”他假装张大了嘴，做出一副正在努力回忆的样子，“可我总觉得，你的照片里，多了一点儿东西，又少了一点儿东西，但又有一点儿珍贵的、一直没变的东西。”

多了一点儿掩饰，少了一点儿真实，像大部分人的人生，总有想遮遮掩掩的那一部分，我这么想，但也只是点点头。这些都不值得我用语言来沟通，去深究。不过话说回来，自从金石给了我一个拍照片生活的机会后，我就总算不用在二十岁出头的时候，步入嫁给一个“正确之人”的恐惧中。我二十岁生日那天，母亲给了我 1000 块钱，这是她第一次在我生日的时候给我礼物。当然，平凡的家庭里，一切东西都是成员们共有的，不需要互赠礼物，但对一位母亲来讲，向年满二十岁的女儿赠送红包是一种别离的仪式。那意味着，她的孩子可以随时嫁出去，成为另一个家庭的一分子，随即组建自己的家庭。幸运的话，她会嫁给有着体面生活的男孩，他长得不错，知晓礼数，收入稳定，一生就像冬季的大河，平缓，没有激流，没有恐惧和危机。

自从我被金石留在北京，成了摄影师，成为倚靠拍照就能生活的人后，我就有了一种离开母亲、离开工厂、离开原始命运的“高贵”。我身边的人都光鲜亮丽，有社会赠予他们的荣誉，他们没有在身体醒目的位置刺上一个笔法笨拙的“忍”，但他们是成功者，而我是他们中的一员。可惜，就我来说，这是一场脱离了命运痕迹的幻梦。他们像一群瞎子，张牙舞爪，循着最响亮的声音前行，以为四周是闪烁摇曳的光，以为自己正朝着最终会取得胜利的方向。

“你平时都不爱说话吗？”见我又沉默下来，陆远问道。

我摇摇头。

“不知道。好像不是一直这样。有时候，啊，我也说不清。”

我深吸了一口气。

“你相信金钱吗？”

我摇头。但我并不轻视金钱。

“好，那你相信荣誉吗？”

再一次摇头。

“爱呢？你相信爱吗？”

我闭上眼，仍然摇头。

陆远突然站起身来，用力拉着我。“练明乔，快，快上车！”他催促着。

我不明所以，但还是按照他说的做了。按照驾驶习惯，我拧着钥匙，正要加大油门时，陆远阻止了我。

“别着火。”他说。

“现在，你只用点头，不用说话。”他又说，声音就在我耳边，很轻，就像我们在科隆街头那夜。

我点点头。

“很好。”他把手伸进我外套口袋中，轻轻按了按我的左腰。“当我这么做的时候，是告诉你前面有路口，现在开始减速，要左转了。”

什么？我在心里笑出了声。

“如果要右拐，我会像刚才那样，按你右边的腰。”他又说，然后轻轻按了按我的右腰。

“好。”我笑着说。

“不，不用说话，每次揭开头盔和你对喊，路要怎么走，弯要怎么转，什么地方要前行，都让我觉得我们是两个世界的人。”他说，“现在，我要制订一套新的语言。”

新的语言？来不及多想，陆远又说道：“现在你要进入限速区了，慢一点。”他一只手搂住我的腰，往后揽了揽，“看一看后视镜，我会告诉你限速是多少。”我调整了一下摩托车的后视镜，镜子里，他用手比画着数字。

我点着头，配合着他的新语言。

而后，他双手揽住我的腰，又微微用了些力。一股电流，从腰部窜进我的身体，迅速传遍我的全身。

“不要怕。”陆远说着，环在我腰上的手臂又加了一些力度。

“什么？”我没听清。

“我说，”他在我耳边，轻轻说道，“当我这么做的时候，是想告诉你，不要慌张，不要害怕，因为什么都不会发生。”

那阵电流再次蔓延到我的身体中，麻麻的，还带着难以言说的愉悦。

我想，在这一刻，我在陆远面前建立起来的高山，从那条被他用透明胶带“缝补”起来的裂缝处，开始坍塌了。轰隆隆的声音之下，传来了某一种不死之魂的香。

这一刻，我的世界，起风了。

意大利北部，有一条向南流淌，长度仅为 70 公里的小河。

它的名字叫作——明乔河。

为了抵抗焦虑，父亲在门前种了一片白桦林。我的女儿死后，母亲亲手将那片白桦林砍伐殆尽。可砍树仍然不解她的痛苦，她一车车地运来水泥和沙石，给那片光秃秃的土地铺上了一层厚厚的水泥。之后，她搬到了郊县居住，再也没有回到那里。

人的绝望斩断了树木，但不死的根，会找到自己的出路。十年后，我路过那片荒废的水泥场坝时发现，水泥地面开裂了，裂痕像交错的蜘蛛网。条条裂缝下，传来了藏身污泥中，那不死的白桦递送的香。我知道，有的生命死去了，但它的根和力，是永远不会消失的。果然，那藏觅在水泥底下的根，重生了。

水泥场坝的裂缝中，一簇簇鲜嫩的树苗，像从地底钻出来的翡翠，无尽的翡翠。

无须雕琢，无须生长，尽显生命的高贵。

——《转世的紫薇星人》，庞磊森

如果，我没有在那个特定的时刻对陆远产生爱意——我是说，如果我没有产生明确的爱意，而只是之前那些含混不清的“贪图”和“需要他”的软弱——也许，我不会决定买那张去往伊古迈尼察的船票。

随着车轮前行，阿尔卑斯山高地也渐渐消失了，寒冷被地中海温润的风取代。与此同时，一场年轻而错误的奔赴，也正式走向了它的终结。

除了在安科纳搭上驶往伊古迈尼察的客船外，我还没有其他的打算。

也许船会朝伊斯坦布尔驶去，也许，我从那艘客船上下来后，会蹲在地上大哭一场，然后扔掉摩托车，找一间廉价的旅馆睡上十天十夜。

谁知道呢？

但我不想回北京，也不能再回北京了。半个月前，金石那间黑色的大房子里就已经来了新人。两年的时间到了，而我留在那里的，只是几件扎捆好的，写着名字的行李。

那间位于成都边陲的石棉瓦房，也成了空。当然，还有大河山岭，可那里已经不是我的大河山岭了，从我“背叛”它的那天开始，那里就没有了我的位置。

陆远当然不知道这些。这些天，我们很开心，很轻松。他也为我们在使用了那套新语言后，终于变得像两个年轻人，彼此亲密相伴而轻松喜悦。那些不必要，也不能说出口的爱，成了我们藏起来的宝。早些时候，我们还偷偷摸摸地进了一家商场，在公共厕所里洗头。我们顶着湿答答的头发，把烘干机当作吹风机，享受着年轻荷尔蒙带来的快乐。

我的的确确没有像现在这样快乐过。因为陆远，我的身体，就这个世界而言，有了初来乍到般的快乐。这太神奇了。

11 月 8 日。

这是我离开北京的第 160 天，离开那间石棉瓦房的第 145 天，离开庞磊森的第 55 天，和陆远陌路同行的第 10 天。

这一天，我们在加尔达湖边吃饭，餐厅里阳光充足，窗户外，加尔达湖波光粼粼，微风轻轻挠动湖面，送来源源不断的金。陆远说，接下来，我们可以从威尼斯乘船去克罗地亚，他说自己还没有去过克罗地亚。

他说这些的时候，我心痛了。我埋着头，无数次点开手机里的购票页面，又无数次关上它。何时买下那张从 500 公里外的港城安科纳去往伊古迈尼察的船票，成了我小气的挣扎。我一定会离开他的，但也许，我们可以先去克罗地亚，然后一起前往伊斯坦布尔？反正都错了，多几天，没关系的。

我望着窗外，湖面的光真是刺眼。我又转过头来，看着陆远。

"我没有克罗地亚签证。"我说。

"没关系，我也没有克罗地亚签证，但我有德国居住证，你有欧洲签证……"

"陆远，什么时候上菜？"我打断他。

他静下来，看着我。

“快了。”他说。我想他意识到了，这是我们同行10天来，我第一次拒绝了他的安排。

一阵短暂的沉默后，陆远又恢复了他的轻松。

“这家餐馆我来过好多次，老板是俄罗斯人，来意大利开餐厅前，他是个伐木工。现在，他喜欢根据每位客人的衣着和样貌，在餐盘底部贴上一张专为这位客人写的字条。一会儿你可以看看那老头想对你说什么。”陆远说着，指了指吧台处一位健壮的老人，对方也会挥手致意。

“我们很熟了。认识他的时候，我才二十岁出头，和你现在差不多。”他说。

“不过，这人的年纪，真没什么用处，就比如说那老头吧，岁数不小了，但对很多东西，还保持着孩子一样的童真和好奇。他说，自己以后的墓志铭上会刻着‘你纯真的小宝贝’。”陆远一边笑，一边说。

“他让我想起一个人。”

“谁？”

“庞磊森。”我说。

陆远恍然大悟。“你该不会爱着庞磊森吧？”

我假意给了他一个白眼，但很开心他还记着庞磊森。

“对了，他去哪儿了？你说他的车坏在了鄂木斯克，后来呢？”他追问。

“走了。”我轻描淡写。

我无法告诉他，庞磊森，我的同伴，我的疯胖子，已经从我的世界消失了。

这时，店员端来我们的食物。陆远向吧台处挥手，用德语说了几句，我听不懂，我就把餐盘举起，果然下面贴着一张拇指大小的字条。可我看不懂，就递给陆远。

“写的什么？”

“不要忘记在前行的时间里，安上一面回望身后的后视镜。但也不要太过于牵挂身后了，毕竟，你在前行。注意安全，祝你顺利。”陆远一本正经地念着。我大笑，觉得这是他瞎编的，但无所谓，我正在很努力地记住陆远说每一句话时的发音，吐露每一个字时的表情。

“你的字条呢？”我将话题岔开。实际上，我对字条没那么感兴趣，我真正想问的是，你的生活如何？有什么解不开的烦恼吗？你的妻子漂亮吗？你们有孩子吗？

“写的什么？”

我必须顺着字条的话题追问下去，不然的话，我就会忍不住想象陆远有一位漂亮的妻子，他们一起照顾着那只流浪狗。他们会抽时间一起登山、一起跑步，但他的妻子闷闷不乐，因为有一位好看的，像阳光般温暖的丈夫，危机感总是要多一些。

陆远不再发笑，他紧抿着嘴，没有说话。然后他从自己的衣兜里掏出一支圆珠笔，像个小学生一样，用一只手挡在前面，另一只手在字条上飞快书写。我这时才注意到，陆远的指甲，有被啃过的痕迹。

写完后，陆远掏出了一个扁扁的绿色硬纸盒，为了不让我看到里面装着什么，他只将盒子拉开了一条小缝，将字条塞进去。

“送给你了。”他把那个盒子放在我面前。

“等 30000 公里时，再打开。”他将手按在绿盒子上，神情严肃，像是在将重要的事物，托付给信任的伙伴。我的目光，从他被啃过的指甲，慢慢挪到了那个绿色盒子上。

很奇怪，那盒子明明是不透明的，但我却能看清里面装着的，不只有那张他刚刚塞进去的字条，还包括我送给他的那把弹弓。

“好。”我将盒子推到一旁，垂下头来。

我意识到，陆远，他已经提前一步做出了选择。

“你不想知道我从事什么工作，生活如何吗？”他问。

窗外，加尔达湖面的金光映射在陆远的眼睛里。

“你为什么不告诉我呢？”

他只是摇头，没有就此再说下去。

离开餐馆前，我终于买下了那张从港城安科纳向东航行，驶往希腊北部城市伊古迈尼察的船票。此时的摩托车仪表盘上显示着：29400 公里。

陆远惊讶极了。“我平常没注意，没想到真的要有 30000 公里了！”

“地球绕上一圈有 40000 公里，再走 10000，你就回家了。”他用听起来更轻松的语调说。

回家？大河山岭？虽然陆远在开玩笑，我却感到苦涩。地球是圆的，可愿意回到原点的人又有多少呢？

“我给你拍张照片吧。”我提议。从现在开始，我要给陆远多拍一些照片才行。

“好啊，到这里来拍。”陆远说着，拉着我朝餐馆外的小河边走去。

“就在这里，我要和这条小河合影。”陆远扳直了身体，摆好了造型。

我随手按下快门。

“好的，练明乔，你要存好那张照片，那是我送给你的礼物。我亲自为你找到的礼物。”他说着，走到我的面前。

“我每年都要来这里两次，十二年间，来了二十四次，但我去年才知道这条河的名字叫明乔河，对，和你的名字一样。没想到，我回成都，就遇见了你，你站在一幅从天空鸟瞰河流的照片前，我在心里惊叹，若不是上天想送我一件礼物的话，就是有一个知晓一切的人，让我把你带到了这里来。”

他在说这些的时候，把身子侧了过来，就好像把身后的这条河送到了我的面前。

“你是说，在这里，有一条河，跟我有着一样的名字？”我虽然听得清清楚楚，却还是忍不住发问。

“对，意大利北部，阿尔卑斯山南麓颇负盛名的加尔达湖畔，有一条向南流淌，长度仅为 70 公里的小河。它的名字叫作——明乔河。”

陆远一字一顿地说着。

湖泊北部山峰陡峭，岩石裸露，悬崖上还有一些修道院、教堂和别墅。而湖泊的南部，正是陆远所说的那条明乔河，一点都不起眼。

“谢谢你的礼物，真是个美妙的巧合。”我说。我还没有自恋到将这样的巧合认定为某一种伟大的隐喻，像庞磊森那样，因为见过“原石陨落”、“石头开花”就偏离了轨道，糊涂到相信自己成了紫薇星人转世。

我启动摩托车，向南驶去，目的地是港城安科纳。

我望着后视镜，先看到的是陆远，他没有什么表情，但看到我在看他，就挤起眉毛，笑了笑。

我又看着那条一点点消失的小河，那条叫作明乔的小河。

我在心里想，“练明乔”不是我的名字，我的名字叫丽娇，明乔不过是一个粗鲁无知的女孩，在某一天，她希望重获生活的权利，更为了与过往的生活划清界限，擅自为命运做出了修改。那不是一个名字，而是一个年轻人想要去往新世界的通道，也是她与原始命运的诀别。

> 好好道别，
> 那真是比相聚重要太多的事情了。

从明乔河驶向港城安科纳的450公里，是我和陆远同行10天来，走得最坦然、最喜悦的路。我们会在疾驰的摩托车上大声笑路边的意大利人，会用四川话嘲笑装修刻板的房子和胡乱行驶的汽车。这些平凡得没有一点儿乐趣的事物，此时成了我们的喜悦。有时候，我甚至笑得发晕，不得不停车下来，笑完以后，才能重新回到驾驶座上。

走到29914公里，我们在靠近港口的海边支起了帐篷。

那一夜，我拉着陆远的手，用手指反复摩挲他咬得参差不齐的指甲。

“你的狗还好吗？”我问的是他收养的那条流浪狗。

“你怎么会想起它？”

“多一个话题。”我说。

“不太好。”他说。

“它很敏感，谁对它好都没用，它赶不走自己曾被抛弃、被欺辱、独自流浪的阴影，有一点点的风吹草动都会狂叫不止。你也知道，狗吠不是因为它们凶恶，而是因为它们害怕。”他说。

“那天我回杜塞尔多夫，是因为它不见了……”

“所以，你住在杜塞尔多夫，我们却约在科隆？”我打断他。

“我们不应该谈这个。”他说。

“也对。那找到它了吗？”

陆远笑了笑：“我想，是它自己走的。”

“它会回来吗？”

“除非它找得到回来的路。”他说。

我们谁都没有再说话，就好像，说完这几句无关痛痒的话后，我们的舌头就被吞了。第二天清晨，晨光急急驱退夜幕，为蓝色的海面、黄色的沙滩、翡翠原石般的绿帐篷换了色彩。我起来走了走，回来时，陆远在收拾行囊，他正处于帐篷里光束的中心，发梢被照得闪闪发光，他的身体被晨光勾勒出迷人的金边。

我走过去，趴在他的背上。他停下了手上所有的动作，一动不动。我听到了他的心跳，听到了他身体里血液的流动，像大河缓缓东流的声音。

美丽的梭罗河，我为你歌唱。
你的光荣历史，我永远记在心上。
旱季来临，你轻轻流淌。
雨季时波涛滚滚，你流向远方。
你的源泉来自梭罗，
万重山送你一路前往。
滚滚的波涛流向远方，一直流入海洋。
你的历史就是一只船，
商人们乘船远航在美丽的河面上。

我在心里唱起我的《梭罗河》，真想告诉陆远，告诉全世界，这是我最喜欢的歌。或者，我最喜欢的是那条波涛滚滚，一路往前，流向远方，流入海洋的河。

11月11日，上午。

离开营地时，陆远不再像往常那样，在出发前告诉我今天的目的地。我也不问他该朝什么方向行驶，该在哪个路口转弯。我们绕着安科纳的山和城，兜兜转转好些圈后，才在一家中餐馆门口停下车来。

29984公里，快到上午10点半时，在没有导航，也没有谁做出指引的情况下，我们自然而然走到了这里。餐馆对面，左边是港城安科纳的中央火车站，右边是海港的入口。一座小城，左边是待出发的火车，右边是等待航行的轮船，现在，无论是轮船，还是火车，还都保持着最后的沉寂，还不到鸣笛出发的时刻。倒是成群的海鸥上下飞舞，急急抢食的叫声高亢嘹亮，像婴孩初来人世时，发出的第一声啼哭。

我想，这就是人类某种心照不宣的默契吧——一种别离时绝不挥霍珍贵的言语，在沉默中回到各自轨道的默契。

陆远先下车，他将手里的水壶、手套递给我。我又将这些他刚放下的东西放回他的怀里。相见时的赠予和分别时的赠予，都带着祝福，但一个欢愉，一个决绝，而我不需要这些。

“我买了10点半的火车票，去佛罗伦萨。”他还没说完，我便拉下了头盔面罩。头盔面罩的玻璃面已经磨得很花了，像是刮花的电影胶片，从里面看出去，影像都带着斑驳。我看着他，浑身上下突然就起了令我难受的鸡皮疙瘩。

我立马挂上前行的挡位。

“再见。”我说。可声音随即便与油门启动后，摩托车的轰鸣混在一起了。器械的轰鸣巧妙地将人的道别掩盖起来。我松开离合，朝一旁的港口驶去。

“我是一个对自己有要求的人，不会去看后视镜。”

这心里的声音还没落下，我就已经将摩托车的后视镜调整到可以看到陆远的角度了。

他还在那里。

“我是一个对自己有要求的人，我会径直驶入港口，不会把车停在门口！”

然而再一次，我紧捏车闸，猛地将摩托车停在了港口大门处。

他还在那里，小小的镜子中，陆远抬起手臂挥了挥，又举起双手，用力挥舞着。

挥一挥手，这是人在别离的流程中，最通用的声音。我的身体，突然又感受到了我们前行时的记忆——陆远会用手按着我的腰部，当他按左边的时候，我应该向左转；按右边的时候，我应该把车头向右；如果他环抱着我，无论用力还是不用力，都是在告诉我：不要怕，前行吧。

人的一生要面临多少种别离呢？少年的别离、纯真之梦的别离……为什么人的别离，总像是沙漠告别绿洲一样，让人心碎呢？什么时候，我们才能真正不再别离呢？或者说，如果别离难以避免，能不能好好地道别？天哪，好好道别，那真是比相聚重要太多的事情了。如果没有办法和我们的爱好好告别，我们会在漫长的岁月中，饱受自我流逝的遗憾和折磨——一场没有色彩，没有尽头，也没有选择的折磨。庞磊森，那个疯胖子，我应该和他好好道别的，而不是叫住他，再用冰冷丑陋的样子奚落他；还有小四，离开大河山岭那天，我应该和他好好道别的，而不是在心里赶他走；还有成都，那间石棉瓦房，当我的家人离开时，我应该拥抱他们，我应该祝福他们回到了故乡，回到了自己熟悉的地方。

我将车头转向，在港口入口处拐了个弯，又拐了个弯，一圈一圈地原地打转。也不知道转了多少圈后，我才停下车来。我望着餐馆的方向，揭开头盔。陆远，他还在那里。我原本想朝他大喊“再见”或者其他的话，可再一次，我失声了。

10点半整，北边的车站，响起了一声长长的鸣笛。

呜——呜——

火车的轰鸣，成了港口的主旋律，群鸟的哭啼为它伴唱。我站在轮船的甲板上，望着北岸驶出车站的火车。

“如果你没上那列火车，我就做世间的恶人！”我喘着粗气，站在甲板最高处。可人的追逐，怎么赶得上人的离开呢？铁皮火车的鸣笛声渐远了。

我又猛地将头转向港口。

“如果你捏着一张崭新的船票，出现在港口，我就做道德上的恶人！”我又在心里喊道。对，我本来就是一匹恶狼，为什么要管那么多呢？

落空的期待化成沮丧和落寞，这些心里的呐喊，也成了流淌在目光中的失落，沉积进骨骸里的悲伤。

陆远走了。

2013 年 11 月 11 日，一场不会成为爱的爱，结束了。而像是一定要为这场别离增添些什么悲剧色彩似的，接踵而至的，是金石发来的信息。

“乔，那栋房子转租了，我也离开北京了。你的行李不多，新房东替你保管在那间屋子里，随时都可以去拿。”

金石离开北京了？他没有再招新的学生？他不做摄影了吗？是不是遇到麻烦了？我有一万个问题，但我关掉了手机，什么都没问。

我将行囊里剩余的面包和饼干，所有的食物，悉数投给港口的海鸥，在它们抢食的叫声中，我抬起头来，放声大哭，哭声混杂在海鸟的尖叫里，让人辨别不出来，是谁哭了。

如果时间倒流，我希望，我从来没有启程、承诺、陪伴、再见、别离过。

> 这艘即将抵达伊古迈尼察的轮船，
> 响起了长长的鸣笛声。

“她睡着了吗？”

“也许是生病了。”

“或者她没有钱？”

“我可以把我的面包送给她。”

“她没有朋友吗？”

“可能在船里头呢。”

“下雨了。”

“如果我们叫醒她，说不定她会不高兴的。”

“天已经亮了。”

“可很多大人天亮了也不会醒过来。”

“那去找她的朋友来叫醒她，她不会生朋友的气。”

“但不知道谁是她的朋友啊。”

“可以去船里看看，或者我们可以大声地问，是谁弄丢了自己的朋友？”

“大人们都还在睡觉，他们也会不高兴的。”

“那应该做点儿什么？”

“把我们的钱给她，她看起来很穷。”

“还有面包。”

“对，还有面包。”

大风，是不会停的。

我从甲板上醒来，眼前这黑云压海的景象预示着，暴雨，就要来了。

我起身往船舱走，脚下传来几声“叮当”。

我踩到了硬币。几枚发光的硬币。硬币的一旁，放着面包、酸奶和香蕉。我抬起头来，四处张望，看见一对年幼的兄弟，他们紧贴着船舱的玻璃，和我对视的瞬间，立马把脸埋了起来。

我把硬币捡起来，想还给孩子们，他们摆着小手，拒绝了我。

“你不要怕，我们是你的朋友，这条船上的朋友。我们有钱，还有食物。”他们说。

船舱外，乌云遮天蔽日，轮船在汹涌的海面上航行，像暴戾中人类的避难所。而那两个船舱里的孩子，他们的眼睛多么亮啊！尽管我在颤抖，尽管这艘船驶向的，是对我来说陌生的世界，但他们的眼里，透着生命的善意和光明。他们留给我的食物和硬币，像迷雾笼罩的世界里，那些闪闪发光的指引，那些永不褪色的符号。

“快，快进来躲一躲。”他们喊道。我从包里取出陆远给我的盒子，那个绿色的盒子。我走进船舱，把盒子递给孩子们。

“不不不，我们不要回报，不要。”他们慌慌张张地摆着小手。

“不是回报，是礼物。”

“你们的新朋友，给你们的祝福。”我说。

孩子们打开盒子，他们取出的正是那把弹弓。

我还记得我在塔克什肯做这把弹弓时的样子。那一天，我跑着，跑着，还不忘回过头，朝庞磊森喊道：我要去科隆，找一个叫陆远的男孩，真的，他是真的。

庞磊森喜欢我的弹弓，而陆远，他把弹弓还给了我，但谁能说，他不喜欢我的礼物呢？每一个人都喜欢礼物。就像眼前的孩子们，他们拿着那只弹弓大笑的样子，仿佛让我看见了每一个生命都得到所爱的幸运。显然，他们没有注意到那张飘出来，又被大风吹走的字条。

我没有去拾捡那张被刮跑的小纸条。它太轻薄了，只是一阵微风，就能让它告别过去，丧失意义。它在船舱里飞，又钻了出去，飞向甲板，飞向暴雨前平静的大海。很快，它就会被浸湿，化作虚无。它只是一张纸，不是种子，不能发芽，不能重生。它的结局已定，不再具有任何其他可能。

上午 9 点，货仓的操作员注视着操作手柄，在等待新的开舱指令。列队出舱的汽车，在同一时间打开了车灯。我扣上那件灰色棉衣，一步步，朝停在舱门前的摩托车走去。我越过一辆辆静候的汽车，穿行在它们的灯光中，像一名等待铁幕开启，即将登上船舱外新世界舞台的演员。

这艘即将抵达伊古迈尼察的轮船，响起了长长的鸣笛声。那声音，像丛林深处的大象在暴雨来临前，呼唤迷途的幼子回到自己的怀抱中。当舱门打开时，阳光刺得我睁不开眼。我急急朝新陆地迈出了第一步。

很奇怪，当摩托车着地的时候，我的脚下传来一份奇妙的感觉，像在冰冷的水泥裂缝中，第一次触摸到湿润土壤的小树。湿漉漉的水泥地泛着金色的光泽，伊古迈尼察树木茂密的山上，阳光照在湿漉漉的森林中，那里有一朵朵闪烁的花，一朵朵迷人的希望之花。

蓝色的路牌上写着：罗多彼山，向前，4 公里。

罗多彼？

“一位见证过原石陨落的东方人，将会在水泥开花的那一天启程，在历经高山、海洋、荒漠的磨难，穿越连绵起伏的罗多彼山后，来到文明的中心。”

人间符号

他们有的会与人结伴，有的会孤独前行，有的会留下痕迹，有的会消失无影，有的是我，有的会成为你。

> 真没想到，陆远在明乔河边的一句话成了预言：
> “再走 10000 公里，你就回家了。”

伊斯坦布尔。

随着砰的一声巨响冲破气流，在布鲁斯海峡上空形成一条烟雾瀑布后，等在海峡两岸的人群，才算是真正沸腾了。欧亚马拉松的起跑点在亚洲区，就在我的旅馆旁。我站在四楼的窗口，望着成千上万的马拉松参赛者朝欧亚大陆桥涌去，他们穿着五颜六色的背心，贴着醒目的号码牌，有人手里高举着鲜艳的、印着口号的旗帜。

隔得不远，旗帜上的标语还能看得清清楚楚。那些口号，大多与锲而不舍，坚持不懈的精神有关，也有趁机向恋人告白，或者祝愿家人健康的。

我就趴在窗口，看着这场欧亚马拉松盛事，成千上万的人在高歌，挥舞旗帜，在淋漓大汗中跑向欧洲，跑向海岸的另一头。我趴在旅馆的窗户上，看着这些，感到一丝荒谬。我的意思是，我离开了北京 160 多天，途经 30000 多公里后，才来到了伊斯坦布尔，而这些在隆冬里衣着单薄的人，只要跨过欧亚大陆桥，朝布鲁斯海岸的另一头奔跑，就能到达欧洲大陆。“咫尺之间”和“遥不可及”的区别，早就脱离了时空限定，成了一种带着生命律动的符号，一种隐秘的，只有少数人能够共同感知的信号。

11 月，伊斯坦布尔的白天很暖和，海岸边的树木还没有落叶，阳光充沛，生机盎然，一切就像盛夏时，完全没有进入隆冬。

也是在那里，我接到了两个重要的电话。

第一个电话，是陆远打来的，但铃声只响了一下，便被切断了。

随后，陆远发来一条信息。

“回来了。明乔，它回来了。”

是吗？陆远指的是他的狗。我为他感到开心。

不过，我更感谢陆远在那一刻挂掉了电话，不然，我不知道应该用什么样的声音去表达，去面对他。人的声音，或任何一场交谈，都是世界上最笨拙局促的表达。

而他挂掉电话后，那短短的几个字，却完成了人在声音中，永不能完成的表达。文字所表达的怀念、祝福，它辽阔像海、像沙漠、像森林，它就在那里，比声音更饱满，更具有可能性。

第一次，我对文字产生了感激，从未有过的感激，要知道，我曾经把念书写字当作牢笼。

紧接着，第二个电话响起来了。可它立马也被切断了，像“扑哧”一声刚划着，又被大风吹灭的火柴。

来电人，是我的母亲。

我把窗户完全推开，趴在窗台上，望着布鲁斯海峡的这场马拉松盛事，却想起父亲锯掉陈旧的木窗框，把电视机调了个头，让屏幕朝着场坝的方向。那是一幕来自真实，来自生活的戏剧。

我决定给母亲打一个电话。

几乎刚接通，听筒里便传来舌头在口腔里笨拙打转的声音："我想看……看看你电话是不是打得通。"电话那头，母亲的声音十分紧张，她匆忙的解释也显露着笨拙。

"真美啊。"我在心里赞叹着伊斯坦布尔，这座地跨欧亚两洲的城市。与此同时，我想念我的大河山岭，从来没有这么想念过。

"妈。"

"我想回来了。"我说。

电话那头，母亲没有说话。

"我要回大河山岭。"

2013 年 11 月 17 日，我把摩托车留在了伊斯坦布尔，我没有贩卖它，但我也无法把它带回家。我只身一人，登上了返京的航班。只需要 13 个小时，便能将 169 日的路途走完，在万里高空中，目睹来时的路。

飞机飞过新疆北部时，我看见了阿尔泰山，现在，它混在隆冬的苍茫中，依然是夺目的，我一眼便能辨认出。机窗的夹层里，结着一些晶莹的冰花，光替它们雕刻出生命。看着它们，我就像看到了幼时那些光着脚，在大河山岭追逐高喊，让飞机停下来的孩子。

时光荏苒，久别的少年们在远方乘上了飞机，看到了世界的广阔，听见了大风吹拂生命的声音。他们，长大了……

在这离地数万米的高空中，我的身体里，传来了鸣笛声，像即将靠岸的轮船。这来自骨骸深处的号角声催促着我，赶紧回到大河山岭。

奇妙的是，从伊斯坦布尔回到大河山岭的里程，不多不少，正是 10000 公里。

真没想到，陆远在明乔河边的一句话，成了预言：

“再走 10000 公里，你就回家了。”

十年分别，大河山岭也变了。

小城的车站宽敞，亮堂，却没什么人；而十年前的老车站，人潮涌动，别离的，相聚的人，他们的脸上写着欢畅的喜悦和不舍的悲伤，什么都阻止不了他们的感情。

车站外，一栋栋棕褐色的欧式建筑拔地而起，宽阔的街道把人群也隔离开了。绿化带里立着几尊欧式人物雕塑，就连公路边的广告牌上，也或多或少印着一些英文字母——当然，它们大多是汉语拼音，为了让广告设计看上去更符合时代审美。

这些从未属于小城的文化，让我产生了一种经过了 10000 公里的飞行后，又站在了土耳其、希腊、意大利，或者东欧某个小镇中的错觉。另外，女人们也染着黑黄不一的头发。她们的发根泛着油光，沾满头皮屑，发梢则被廉价洗发水摧残，失去了弹性，张牙舞爪的，像一团枯草。她们穿着价格还算昂贵，但面料和做工仍然十分低劣的衣服。她们站在街头，谈话声极其尖利，哪怕是打一个招呼，也像是要让全城人都能听见似的。

我感到揪心。无论是城市，还是居民，都在用看起来更符合这个时代标准的行为和审美来装点自己。在笨拙地模拟一套荒唐的时尚。殊不知，这脱离了自我的装点会成为笑话。就好像，如果不洗澡，穿什么衣服都是没有用的，因为，汗水的味道是藏不住的。

不过，我也不知道人应该怎么“洗澡”，就好像科隆大教堂，即便把莱茵河的水引过去了，依然清洗不了它被酸雨腐蚀的痕迹。

我的目光继续在小城寻找，现在，我看到了山岭上的老桉树，看到了电线杆上的麻雀，还看到了，我的父亲。

父亲的车停在路边，成都的车牌，在这座小城中很好认。他从车窗里探出头来，四处张望。他发现了我，立马大喊我的名字：“练明乔！”

他是家人中第一个接受我新名字的人，早在成都那间石棉瓦工厂里，他已开始这么叫我。可奶奶至今都搞不清楚，家里怎么就多了一个永远见不着，却又经常出现在她儿子口中的“练明乔”。我曾向她解释，我就是练明乔，练明乔就是练丽娇，她听后更是一头雾水，不明所以。我觉得不重要，就不再向她解释了。

我埋着头，朝父亲走去。

我的父亲，他腼腆，温柔，几十年来，从没见他和谁发过火，就算是和暴脾气的妻子起了争执，他也只是皱起眉头来摆摆手。有时，我会猜想，这么一个话不多的老好人，也许是这个世界上最想表达的那一个。只不过，他无处可说。

谁愿意去聆听他呢？聆听一个平凡的中年男人。

我走到车窗前，放下背包，赶在父亲开口说话之前腾出手，轻轻地抱住他的脑袋，亲吻了他的额头。

那一刻，我没有紧张，只有快乐。

难以想象，这是一个二十岁出头的年轻人，第一次靠近、亲吻自己的至亲。人的爱是需要亲密的肢体接触来表达的，这不是规则，而是本能。而我这种本能表达的长期缺失，甚至不知道应该怪责在谁身上。但无所谓了，因为，我感受到了我的父亲，他正因为女儿拥抱了他、亲吻了他感到开心，感到幸福。虽然，他像以往那样，什么都没有说，也什么都没有表露，但他握着方向盘的手在颤抖，是人在紧张害羞的时候，血液涌至心脏，无法抑制的颤抖。

从县城开车回大河山岭需要半个小时，我记忆中的大河山岭开始一点点重返原貌。我把车窗全部摇下来，看着久别十年的大河山岭。静静流淌的大河，河岸山岭依旧常青，从不显露衰败和萧条之景。风吹起树叶时，竹林会发出沙沙声，像情人的指腹轻轻抚摸头发根部，像银河下凡的声音。此时的我，像一个终于从空气稀薄的高山上安全撤下来的人，充足的氧气和温柔的绿意将我紧紧包裹，有那么几瞬，我产生了一种类似醉氧的眩晕感，像人在困极了的时候才会经历的意识放松。

突然，茂密的竹林中突兀地出现了一小片数十米高的白桦林。我几乎不相信我所看到的，这片山岭的主角，从来都是竹子、桉树、松木、稻田和蔬菜，以前从未有过这片斑驳的白桦林，我敢保证！我太熟悉我的大河山岭了，我从来没有在这里见过白桦树！现在它出现在这里，像十几年前出现在中国小县城的白种人，稀奇极了！

“白桦树？”我打破沉寂，惊声问道，“谁家的白桦树？”

“啊。”父亲别过头来，匆匆朝车外望了一眼，“你妈种的，是我们家的白桦树。”

我们家？天哪，那些白桦树看上去枝繁叶茂，不像是刚刚种下的样子。

“十年前，你离开大河山岭后，你妈就安排人种下了。她总觉得，砍完了竹林，心里是慌的。也可能那时候她就知道，总有一天她要回来吧。”他补充道。

“可是……”我有很多问题，却突然像健忘了一般，“她怎么会种白桦树？这里谁种过白桦树啊？”

“哈！”父亲突然笑道，“你妈这个人，只喜欢好看又不同寻常的东西，”他说着，腾出一只手在自己的胸口拍了拍，“要不然，也不会嫁给我。”

面对父亲难得的幽默，我大笑着回应，但脑子里飞快旋转的，还是对母亲的记忆。在我的心里，她是大河山岭最好看的人，她穿着自己缝制的西服套装时，每一个动作，每一个眼神都充满了力量，像旷野里的风，其中的辽阔和坚韧，是这大河山岭的绿意和温柔从不可及的生命形态。所以，她是我曾经仰望，曾经追求的伟大。

从某种意义上来讲，我憎恨我母亲的原因，绝非她离开了我，把我独自一人留在大河山岭，也并非她改变不了自己的贫穷，而是她精神中令我仰望追寻的，那种从不服输的“伟大”坍塌了，她认输了。

你所仰望的伟大，在命运的漩涡中认输了。这太残酷了。我拒绝接受。

父亲的车驶进那一小片白桦林后，停在了一侧。白桦林旁荒废的水泥场坝地面开裂，裂缝中冒出了厚厚的青苔，那翠绿的青苔，像一朵朵开在水泥上的花。

“石头开花”。我又想起了庞磊森。

如果有机会，我会向庞磊森证明他的荒谬和渺小，我会让他看到，只要地底有不死的根，哪里的石头，都会撑开，开出花来。

青瓦房，那栋曾风光一时的小楼房，如今墙面上石灰块块剥落，青砖都露了出来，像皮开肉绽的伤。不过，这栋陈旧的青瓦房，倒是和一旁的白桦很相配。白桦树干上斑驳的痕迹，是自然独特的符号，而青瓦房上的裂痕，也是时间刻上的符号。

指引步入迷雾的人，离开，然后航行，去往世界的符号。

最后，我看到墙角的那棵橘树了！

啊，我的橘树，它不仅没有受到长途迁移的影响，反而结满了红彤彤的果实，那一只只“小灯笼”可爱极了。天哪，天哪，它又结出了真正的果子，我高兴得快要哭了出来！

空气中传来饭菜的香味！我闻见了刚从树上摘下来的花椒被放入油锅时的香味，还有在蒜苗和肥瘦相间的肉里，加一些酱油、豆瓣，然后在大火中翻炒的味道。

“中午吃什么啊？”我跟在父亲身后问。

“香肠回锅肉，”父亲说，“奶奶做了够吃一整年的香肠。”

“对了，奶奶病了。”他轻描淡写地说。

我的心突然就提到了喉咙口。不过，我很快就让自己接受了这个消息。毕竟，奶奶的年纪太大了，生命的路，就要到尽头了，每一天都有可能是末路的别离。哪怕是感冒发烧这样的小病，也有可能成为埋葬她生命的泥土。倒是青瓦房，因为这一场回归，变得有了生气。

门前，小院被规置得整整齐齐，屋里青烟缭绕，饭香中夹杂着药品的味道，将我紧紧包裹。我站在那棵橘树下，很难再往前走一步。这时，妹妹从屋里探出头。“大姐。”她站在青瓦房的木门前喊道。今天，她穿着白色的卫衣，胸口印着两个黑色的字——“野马”。

“你回来了？”

我点点头。

对，回来了。我们都回来了。

青瓦房堂屋北墙正中，还是挂着一幅巨大的领导人画像，画像已经褪色了，但金色的文字仍然清晰——“庆祝澳门回归，1999”。这时代的画像下，还能隐约看见一张还没有被撕下的，破旧的红色剪纸，是一个倒贴的福字。颠倒的福字，是“福‘到’了”的意思。墙顶，那个塑料袋还挂着，积满了灰。

它们都还在原来的位置。

那个塑料袋里装着的，当然是我和奶奶的秘密，就是她皈依那天，从寺庙请来的菩萨照片，售价170元，相当于母亲每月寄回来的生活费。天价请回的神明，以及一间颇负盛名的寺庙俗家弟子的身份，让我奶奶的余生和来生都有了着落和骄傲。当然，我不知道在她生命即将走到尽头的今天，她是不是还这么想。

“进来吧。”父亲帮我打开了房门。

“妈！明乔回来了。”父亲喊着，朝屋内的木床走去。他拉开木床上挂着一半的蚊帐。“妈，丽娇回来了。”他俯下身，又轻声说道。

“啊……”

听到“丽娇”这个名字，棉被里的人才有了颤颤巍巍的回音：“丽娇回来了啊……”

棉被下的声音是熟悉的，但却已是颤颤巍巍的低吟，像大风中的叶子，马上，就要落到土里了。

我走到木床前，拉开一点儿棉被，坐了下来。

“嗯，丽娇回来了。”我说着，俯下身，轻轻趴在她的胸膛上。

棉被下，奶奶把手伸了出来。

“啊，丽娇，我的大孙女也回来了。”

我赶紧抓住她的手。

“嗯，嗯，对，对，对，你的大孙女也回来了。”

还没说完，我便感到厚实的棉被下，这个活生生的人，她的身体正在被时间吞噬，一个历经了时代的生命，就要成为风，成为气，成为看不见的东西了。

我想，上一次这么趴在她的身上，已经是十几年前的事了。

那时候，我生病了，她背着我去十里外的诊所看病。我趴在她宽厚、结实的背脊上，看那西边的落日，紧跟着她的步伐，我们走到哪儿，它便跟到哪儿。她的身躯如何起伏，它也跟着相应地起伏，十分古怪。我就问她：“这太阳怎么像跟屁虫一样跟着我们呢？”

她对我的疑问很不耐烦，觉得自己的孙女总是有一些古怪的问题。

“太阳就是这样啊，你走，它就走。哪来那么多问题呢？”

“那你停下来，它也停下来吗？”

她皱起眉头。

当然，我趴在她背后，怎么看得见她皱眉呢？但我知道她皱眉了，因为她突然停下了步子，扭过头，望着西边的落日。

“不，它不等任何人。”她说。

“奶奶啊。”我趴在她的胸膛上，喊着她，“罗文莲啊。”这是她的名字。

“你知道吗？我去了一趟西边的尽头，很远很远。我走到了海岸边，真的，你相信吗，我走到一条路真正的尽头了。前面没有土，没有路了。但是，我还是看到了太阳，它居然还在那里，还是隔着那么远的距离。原来啊，这路再怎么走都没用，有些东西，是追不上的，是追不上的。”

“啊……”棉被下，是奶奶的啊呜声，那是她的回声。

这一刻，她失去了像曾经那样取笑我总有问题的能力。可她站到了世界的另一边，就要和我逐的太阳并肩了。

我仍然不敢相信，窗外那个体重只有一百斤出头的女人，竟然是我的母亲。

“她瘦了很多。”一旁的妹妹告诉我。从成都边陲那间石棉瓦工厂搬回大河山岭后，母亲就在县城报名参加了一堂电脑培训课程，但她拒绝父亲开车接她上下课。为了方便出行，她在县城买了一辆电动车。拿到钥匙后，她就径直将那辆新的电动车，从县城骑了回来。

我对她这样雷厉风行、不容分说的行事风格，一点儿都不觉得荒谬。要知道，我的母亲，她是一个连自行车都没有骑过的人，但这就是她，是我曾经仰望、追寻的伟大。也许，她根本没变过，也没有放弃什么，更谈不上认输。她只是……只是在漫长的时间里，在努力生长的过程中，有些珍贵的东西遭受到了匮乏的挤压，变形了而已。

妹妹还告诉我，母亲就在这半年的时间里，用上了智能手机，用上了微博、微信这样的社交软件。她会关注我在网络上做的记录，会询问父亲那些地方在哪里，在地图上的位置。为了弄得更清楚，有一天，她把一个硕大的地球仪绑在电动车后座上，从县城带了回来。从那之后，母亲会根据父亲的解释，在地球仪上找到相应的地方，贴上一个写着日期的小圆纸片。从此，我的行驶轨迹，就成了贴在她面前的符号。

"回来啦。"

母亲把手里的塑料袋放在餐桌上，摘下手套说道。

我虽然在点头回应，但依然没办法接受眼前这个瘦子，竟然就是半年前，还像一座愚笨荒蛮的山一样，肥胖得令我嫌弃的母亲。

她今天穿着黑色的西服套装，西服有些旧了，应该是她的旧衣服。但她暴瘦的皮囊像跑了气的气球，松垮垮的样子，让人心疼。

"嗯。"我说，声音有些紧张。

我不明白这半年她经历了什么，可现在，我不敢与她对视，更不敢开口与她对峙。对，我原本是想和她对峙的，我已经做好了与一位"恶人"对峙的准备，我甚至将我对她的不满和控诉写在了小本子上。我真是个幼稚鬼，但我想，这样一来，我就能赶在她发怒之前，将我想要表达的，不，是想要控诉的，悉数倾吐，一句话都不会漏掉！

可这一刻，我不仅将那些控诉忘得一干二净，还在心里，徒增了无尽的自责和惭愧。

我追寻了多年的伟大，她被生活挤压，几乎变形了，却还得承受被我亲自诋毁的苦和难。而我竟然以为，因为她的失败，我便掌握了诋毁她的权利！

今天，她塌垮的精神重生了，总算，她从匮乏的，令她变形的厄境中出走了。而在什么都还没有发生的时候，再一次，她掌控了我。

“好。”她淡淡地回应，紧接着便离开了。

我追了出去。

“你怎么瘦成这样了？是不是生病了？”我慌慌张张地问。

她转过身来，望着我的时候，我羞愧到了极点。

“在外面打拼了二十几年，什么都没得到，倒是装了一身的垃圾。现在，我把它们清了出去，”说到这里，她转而打量着我，“但又被你捡起来了。”

我紧张地摊了摊手。对，我在这段路途中，胖了二十斤。现在，在她面前，我应该很丑吧？

“陆远呢？”她突然问道。我对母亲提到陆远感到不可思议极了。毕竟，只有妹妹和庞磊森知道，我会去科隆找一个叫陆远的男孩。

“你哪一根脚指头在动，我都一清二楚。”很明显，她毫不在意我的惊讶。我只能无奈地笑了笑，以往她教训我的时候，也是这么说的。

“结婚了，”我说，“陆远结婚了，是我不好。”

母亲突然大笑起来：“那就是你不对了。”她就是这么说的，没有训斥，没有追问。她的笑声像沙漠中呼啸的风，虽然没有绿意盎然的脉脉温情，却有着它所不及的广阔和自由。

就这样，我们这对争斗多年、相互疏远的母女，在相隔半年一前一后重返大河山岭后，竟然停战了。

真是奇怪！我还以为我会大吵，我设想过很多种我们吵架时的样子。我想，这沉积多年的矛盾，应该会让我们闹个天翻地覆吧。却从未设想过，我们有机会用沉默结束战争。

平静得，就好像什么都没有发生过。

更多关于他们回到大河山岭的事，是父亲告诉我的。

父亲就在那棵橘树下抽烟，一边告诉我母亲学习使用电脑和智能手机，以及每天都在那个地球仪上做标记的事。他还告诉我，也不知道母亲是怎么弄明白蒙古、俄罗斯和欧洲签证的办理方法的，总之，她全部搞定了。

听到这里，我又想起我还在塔克什肯时，她打来的那通电话。

“欧洲签证她也拿到了吗？”

父亲点头。“对。你是了解她的，和人打交道，谁敢轻视她呢？”父亲一边说一边笑，看上去，他为自己的女人感到骄傲。

“除了你，我们的孩子。”他又说。

我笑着点头。对，我的母亲，从来没有人敢轻视她。即便有，她也会用她的办法，用粗鲁的，没有弯弯绕绕的声音，把那些轻视的目光赶走。除了我。一直以来，无论她做出多么凶蛮的样子，都没有办法让我服软，让我在她的面前低下头来。

父亲还说，原本母亲想搭班机飞往蒙古，可后来不知道从哪里听说了一个叫庞磊森的人，自那以后，母亲便把自己的护照收了起来，像相信一位老友那样相信庞磊森。有一天，庞磊森给母亲打来电话，让母亲放宽心，并告诉她："你的女儿，很快就要回家了。"

是我告诉母亲庞磊森的。在边城塔克什肯，她总给我打电话。为了解决她给我带来的麻烦，我告诉她，有人也要去德国，与我结伴了。为了让她相信，我将庞磊森的电话号码告诉了她。

"他们一直在保持联系吗？"我问。

"我不知道，但庞磊森最后一次打来电话是在莫斯科机场，在登上那架回成都的飞机前。"

庞磊森回成都了？他从莫斯科直接回去了？他放弃去德国了？现在呢，他在哪里？

"他说什么了？"我追问道。

"说你是个聪明的女孩，让我们谁都不要为你担心。"

"还有呢？"

"没有了。"

"你要给他打电话吗？他说会等你的电话。"

我低下头来。

"不了。"过了好一会儿，我才回答。我想不到要跟庞磊森说什么。

父亲站起身来，拍了拍裤子上的灰，噗噗两下，灰尘被掸了出来。

"也不知道你和那个男人之间发生了什么，但你会解决的，对不对？"

我点点头。

“好。”父亲说，“这二十几年来，我总劝你母亲不要在不属于我们的地方，和那些动荡对抗。但如果不能为你们留下什么，她不甘心，也不安心。”父亲望着那条大河，“她把成都看得很重要，因为，她想在成都市区里给你们买一套房；因为，她害怕破败的工厂和贫穷的家庭会吓跑你们未来的伴侣。”

他说这些的时候，我完全怔住了。

我会不知道这些吗？我当然知道，但这不代表我可以和父亲聊这些。

“你也这么看吗？”我问。

父亲转过身来，我以为他会说是或者不是，告诉我他的答案。可他没有这么做。

“你呢？”他反问我。

我完全被吓到了。我爱他，我曾无数次幻想，有一天，我能和他聊天，聊什么都无所谓，只要能好好听一听对方在说什么。可现在，当他直指问题核心时，我却不敢说话了。因为，他的提问不是为了答案，而是想看一看我敢不敢袒露自己。

而我该如何告诉他，是的，我也害怕，害怕你们的贫穷和粗鲁、卑微和野蛮会吓跑我的爱？在那间工厂里，我甚至唆使年幼的妹妹跟我一样，学说纯正的成都话，再对外宣称自己是土生土长的成都人。后来我又学了标准的普通话，并警告她，千万不要在说普通话的时候，暴露自己的口音。

不仅是她，在那间工厂里生活过的所有孩子，都被我唆使着这么干过。我为什么这么做？因为，我要掩盖我生命的痕迹，我害怕大家看到，我是从大河山岭走出的，带着泥土味道的人。我匮乏，所以，我装饰着自己。

想着这些，我咬紧嘴唇，靠着那棵橘树，流出泪来。

父亲的鼻孔微张，眉头也轻轻皱了起来，我看到他心痛了。

我那无用的自卑让我错失了太多，例如说，我竟一直认为父亲是个温和却软弱的男人。而现在，他只用了几句话，便让我意识到，他早就看穿了自己的孩子：我早早抛弃了纯真和生命力，在原本充满了可能性的年轻皮囊里，装上了自卑和精明的垃圾。

此时此刻，我在自己最爱的人面前，暴露了自己的虚假，更暴露了自己教唆幼童的罪行和丑陋。我感到羞愧，无比羞愧。我开始颤抖，不是因为大河山岭的冬天很冷，而是我太慌张了。我哆哆嗦嗦地想要解释什么，可慌张让我丢失了解释或狡辩的能力。再一次，在我的至爱面前，我成了一棵树，一棵无法动弹的小树。

而事实上，我仍然对父亲一无所知。

他张开臂膀，轻轻地，将我揽入怀中。

"我小时候，一坐在这条河边就会想，门前这条河什么时候会干涸呢？要是它干了，鱼虾就露出来了，去河对面砍柴、赶集也就方便多了。后来我才明白过来，河水干了，生命力也就瓦解了。这人就像河，流经哪里不重要，重要的是，要有不息的源头。"

这是我父亲，一个二十岁出头时，便成为父亲，成了需要承担一家生活之重的人，没有机会发出的声音。

> 他驾着白绫，乘着飘扬的纸钱，
> 在唢呐凄厉的声响中，回到了大河山岭。

现在，我的大河山岭有了橘树，还有了一小片白桦林，一家人都回来了，年轻的生命什么都不缺，衰老的生命还没告别。冬日，不间断的风吹卷大河，河面泛白，像褶皱的纸。我从未见过这样的大河山岭，辽阔又激昂，天像巨大的窗，每一个仰起头来的人，都是一束光。

再有十几天，就是2014年了。这些天来，大河山岭十分不平静。快到农历新年了，离开大河山岭一年的人们，也都要回来了，等待了一年的孩子，就要和父母相聚了。当然，我更关心的是小四，他也要回来了。

几天前，我在微博上收到了一封长信，是小四写来的。

丽娇（还是习惯这么称呼你）：

我是小四，不知道你还记不记得我，但我从来没有忘记过你。

今天，我在手机上看到一则四川女孩独自驾驶摩托车，从中国去土耳其的新闻。只是看到这个标题，我就立马想到了你。没想到，与你久别重逢，是在一条新闻里。

不过，你的样貌变了很多，还改了名字，好在你在我心里的画像是早就定了的，不会因为这些外在符号的变化，就变得识别不出来。

我无比怀念，回忆中，我们在大河山岭的时光，那是我成长过程中的快乐和光。就像我的生命之初，就存储了一剂不会褪色的颜料。就这一点来说，我实在是太幸运了，因为你，大河山岭的一些恶意，也都变得不重要了。

今天，我好像明白了一点点聪明的人和智慧的人的区别。例如说，有的人靠聪明取得了一些东西，最终却是要还回去的；而人靠智慧换取的，却是源源不断的河，取之不竭的水。在这一点上，每个时代的人都有自己的标准，我兴许没有这个时代的智慧，却额外拥有了源源不断的河。大河山岭的河，还有我们保护、赠予、陪伴对方的记忆，它也是我的河。

你是一个胆小的人，小气的人，更是一个敏感自卑的人。但你的善良是真的，热情是真的，智慧也是真的，也许我们在这一点上没有什么区别。但是，你有很多问题，却从不惧怕寻找答案；而我也有很多的问题，也会疑惑愤怒，可我放弃了追寻答案，或者说，我从来就不渴望答案。

你知道为什么吗？因为，懒惰总是更舒服。

现在，我在广州打工。我们曾经憎恨广州，憎恨这座打着财富的旗号，折散了无数家庭的城市。但今天，倚靠着它，我才得到了一份工作。谈不上好不好的，但过几年我就能回大河山岭买一套房子了。有了这套房子后，我就能在县城开一家小卖部。卖什么我都想好了！我要卖手工制品，例如弹弓、泥手枪、风筝，就是我们小时候稀罕的一切！当然，我也会顺带卖一些吃的，因为，人们更需要食物，而不是这些无用的玩意儿。

也不知道你们一家人什么时候会再回大河山岭，当然，我真正关心的，是你什么时候会回到大河山岭。快春节了，我就要启程回去了。你可能没有坐过长途火车，我也希望你一辈子都不要有那样的经历，简直是活受罪，绿皮火车就像拥挤的、恶臭的人间地狱。

最近几年，骑摩托车回家乡过年的工人越来越多了。现在，他们几乎都知道了你。你都不知道，我有多么骄傲。我会一次次在他们面前点开新闻，骄傲地向他们宣布，这是我最好的朋友！希望你不介意我拿你向人们炫耀的傻气。但是，我要向你保证，我没有利用这种炫耀为自己贴上一层金，我是真的为你感到骄傲！为我的好朋友有了别样的生活感到骄傲！

就像，你离开大河山岭，去往成都那天，我为你的离开而欢庆。你是我们这一拨孩子里，第一个离开大河山岭的人，你真是幸运啊。说到这里，我难免有些羡慕。你离开大河山岭那天，我去车站送你。那时候，我多希望你留下来，不要走。因为，这样一别，人和人之间的命运就不同了，往后的交集只有那些随着时间，慢慢褪色的记忆。但我能因为这些就要求你留下来吗？当然不能。可不能跟你一起走，却成了我的遗憾。

现在，这样的遗憾也被磨平了。毕竟，每个生命都有自己要走的路，要过的生活，总会别离的，谁又能陪谁一辈子，时时刻刻，分分秒秒呢？

更何况，真正的陪伴，并不是只有“在你身边”。你看，即使我们多年未见，我仍然能找到你，看到你，用我的方式，追随你。

现在，我也决定买一辆摩托车了。我要骑着它回四川。还没有确定启程的时间，但新年之前，我肯定能回到大河山岭。如果你会回来的话，一定要告诉我，一定要让我知道。多年不见，我很挂念你，也想见到你。

祝你一切都好。

小四

我反反复复，把小四的来信看了又看，看了又看，每一次想回复点儿什么时却发现，无论我写什么，如何在指尖上编织语言，都触不到我想表达的。再一次，我看到了语言的匮乏。

“好，我等你。”

最后，我这么回复了我的小四。

我实在找不到更好的语言来表达情感了。但“我等你”，是我所经历的人生里，所知最美的语言，我要把我所认识的最美送给我漂亮的小四，我记忆中的少年小四。

12月20日，小四又发来信息，他告诉我，他的计划是从广东出发，北上贵阳，翻越大牛山，渡过赤水河，回到大河山岭。他还发来了一张照片。照片里，是他和他的摩托车离开梧州的样子。那是一辆破旧的弯把太子车，和庞磊森的一样，车尾挂着几个军绿色的帆布驮包。不过，小四置办好了年货，五彩的年货都挂在了驮包上。他长胖了一些，也许是因为他穿着棉外套，戴着颜色鲜艳的头盔。他衣着严实，我看不清他的样子。但我能看到他的眼睛，那双盛着银河的眼睛，闪闪发光，像闪闪发光的金。

照片里，我看到他还在摩托车的后座上插了一面旗帜，红色的旗帜上，印着八个规整醒目的中文大字。

“纯真万岁，少年不死”。

还有几周就是农历新年了。我算着时间想，小四快到了吧。

终于，我记忆中的少年小四回来了。

可是，他不是骑着摩托，在引擎的轰鸣声中归来的，而是驾着白绫，乘着飘扬的纸钱，在唢呐凄厉的声响中，回到了大河山岭。

一辆超载的卡车脱离了驾驶的轨道，就在一瞬间，毁灭了我记忆里不死的少年。

听说，小四身体的一部分嵌进了泥土，分不出来了，人们只能把那块泥挖了一起带回来。

大河山岭……

千米大河缓缓东流，山岭常青，从不显露寒冬的衰败和冷落。

风吹树叶，竹林发出群星悸动，银河下凡的声音。温柔的绿意里，每一棵树都见证了时间的悄然流逝。灼人的烈日下，每一块石头都承载着生命的回忆。呼啸的风一阵阵，又一阵阵，一圈圈，又一圈圈。

彷徨之间，谁能听得见脱离轨道的货车，撞碎骨头的声音？

谁能看到，满目群星的少年合眼之前，把银河化成了泪，从眼角的缝隙中，送给了他要告别的人？

是谁在黄金的世界里得到了重生？

是谁在地狱的裂缝中，被毁灭？

是谁离开了？

是谁回来了？

又有什么不同？

2014 至 2016 年，

我在这里的身份是——贫穷，并一无是处的胖子。

从大河山岭回到北京，已经是 2014 年了。

母亲催促着我离开山岭，临走时，她将一些香肠腊肉塞到了我的行李箱中，可父亲又将它们全部拿出来。

“发快递就好了。”父亲只是这么说。那是因为他不想让母亲知道，到了北京后，我得先找到自己的容身之处。

等待大巴车时，母亲念念叨叨。她说，半辈子不信神不信鬼不信命，这个时候了，倒不得不相信了。我们都笑了，母亲指的是以往分别时，我总是泪眼婆娑地跟在他们身后，目睹着他们离开，而现在，我们的身份对换了。

“用你自己的那一套，去面对新世界吧。”大巴车驶离前，父亲这么叮嘱我。

母亲站在他旁边，头靠在他的肩膀上，眯着眼睛。

看起来，这一句话，也是他们商量好的。

我想，从今天开始，他们将选择未来的权利交给我了。他们解放了自己，第一次从父母的角色中解脱出来。

现在，他们正在朝另一种生活回归。那绝非俗世意义上的逃离纷争回归田园，也不是像我曾经揣测的那样，因为工厂经营不下去，不得不回乡，反倒像自然而然的结果。

自然而然，这是一个美好的词。我从哪天开始迷恋上了这个词？我不知道。况且，我还没有能力去解释它，更不敢自作主张，为它安上一个美妙的意义。但我隐约感到，它带着某一种超越孤独、超越“我等你”、超越命运隐喻的力量。

到了成都后，我买了一张当夜驶往北京的火车站票。绿皮火车哐哐地，慢慢行驶在原野和山岭中，缓缓穿梭在城市和农田间。车厢里，疲倦之人的鼾声像婴儿发出的，服务员的叫卖声，也成了他们梦里童真的符号。

像小四说的那样，绿皮火车是拥挤的，但这不是地狱。

地狱是没有声音的，是没有安睡的婴儿的，是没有人间符号的。

我又翻出小四给我发来的那条信息。短短几百字，成了席卷北京的风，倒流进陆地的海，成了我的心里翻腾不息的浪。继而，我又会想起陆远，想起庞磊森，想起荒芜的阿尔泰山、静谧的阿尔卑斯山、科隆、安科纳、伊斯坦布尔，还有明乔河。

车厢里，有人放起了音乐，是那首轻轻缓缓的《梭罗河》。

美丽的梭罗河，我为你歌唱。
你的光荣历史，我永远记在心上。
旱季来临，你轻轻流淌。
雨季时波涛滚滚，你流向远方。
你的源泉来自梭罗，

万重山送你一路前往。

滚滚的波涛流向远方，一直流入海洋。

你的历史就是一只船，

商人们乘船远航在美丽的河面上。

30个小时后,火车进入北京西站。乘客们朝拥挤的出站口走去,他们之中有胆怯的,也有踌躇满志的,有伤心的,也有无能为力的。以后的日子里，他们有的会与人结伴，有的会孤独前行，有的会留下痕迹，有的会消失无影，有的是我，有的会成为你。

再回北京，因为这趟漫长的，众人皆知的旅途，我便成了不必展现任何价值、智慧、成果，就能轻易收获人们喜爱的人。有时，他们会邀我赴约，在人群中，他们毫不吝啬自己的赞美：练明乔，就是那个独自骑着摩托车跨越欧亚大陆的女孩。

他们甚至会强调："知道吗？她才二十三岁！如此年轻！"

就好像我经过了一条长路，便收获了人这一生里难得的荣耀。如果在一年前的任何时候，我都愿意享受这样的赞美，可现在，我改变了，或者说，我心虚了。我无数次想要制止他们说下去，但除了羞愧地低下头以外，我什么都做不了。而我的沉默又会被人们理解为，我接受了他们的赞许。

这时我才意识到，比起试探自己的体能极限，或者去自然的逆境中承受磨炼，一个人想要坦然承认自己过往的虚妄，甚至将自己的匮乏暴露出来，才是真正难走的路。

因此，回到北京的我，成了一个想要坦诚和真实，想要暴露自己的匮乏，却还不具备勇气的胆小鬼，并且，是一个被人们看作勇者的胆小鬼。

为了从这样的矛盾中抽离出来，我做了一个决定——离开。

至少是暂时离开熟悉的人群。

金石去美国了，留在黑色大房子里的行李，我也没有再去取过。

我经常翻阅一年前，因为那段旅途与庞磊森和陆远的通信，还有小四写来的那封长信。有时候，我想要鼓起勇气，给他们中的任何一人再回一条信息。但每次，我都会关掉手机，忘记这件事。

而那之后，陆远的社交网站便停止了更新，最后的动态是一张照片。照片里是一条棕黄色的狗，它的脖子上没有项圈，而是系着一条色彩艳丽的围巾，瘦弱的背脊上背着一个小书包，像足了一个初入学堂的小学生。

它站在雪地上，望着不远处的河。河水潺潺，看起来像是莱茵河。

我也没有再联系庞磊森，但在 2014 年 6 月初夏，我在网上看到一条新闻，标题是：把荣耀送给虚假的天才，用嘲笑埋葬真诚的疯子。

新闻的内容，是一位年过半百的老头，在北京大学门前挂了一张巨幅广告。广告上印着标语：挑战是人类必然的灾难，智慧是人类唯一的出路，卖房求哲！

新闻的配图，是衣着朴素的庞磊森，是的，他就是庞磊森，我的疯胖子。

看完这则新闻，我只是默默关掉了网页，躺在沙发上，觉得不舒服，又干脆躺在了地板上。地板冰凉的触感，一点点渗透进我的皮囊，随着血液的律动，浸入骨骸。阿尔泰山的雪，倒流进了我的新世界。

这里是环铁，在北京城东北角，五环边上，有一个由铁轨圈起来的麦田状小圈。这里，四周都是空旷待开发的土地，我住在一间红砖小平房里，窗外能看见铁路，能听见火车吭哧吭哧前行的声音。

这里是环行铁道的实验基地，也是世界上第二大铁路综合实验基地。据说，在这里可以模拟出中国现有铁路运营中的任何一种情况。大多数新研发出来的火车，包括高铁，无论未来有什么用处，都得在去往各自的位置之前，先被运送到这块直径三公里的麦田状环形轨道上测试。

循规蹈矩，一圈又一圈地跑，不必掉头，也不必停下来。

这里也是那些飞速发展的“大家伙”的试金厂，既要对研发成果做一次总结和审核，也要顺带检验它们的未来，到底有多少价值。

在这里，草肆意生长，有的比平房还要高。有时能在这里看见牧羊人，白胡子的瘦老头会在腰上别一根比他还高的竹棍，跟着自己的羊群，沿着一条小河漫步。

还能看见满载的大卡车卷起路面的积尘。荒凉的草野中，有时还能见到坐在板车上赶驴的老头，他叼着烟袋，丝毫不在意漫天飞扬的尘土。

这些画卷，都与人们想象中的北京——五光十色的现代文明都市脱节了。而我此时，也是一个与都市脱了节的年轻人。

2014 至 2016 年，我在这里的身份是——贫穷，并一无是处的胖子。没有积极生活的人，是逃不过时间的审视的。在环铁边居住时，我的体重超过了一百四十斤。身体变得丑陋，行动变得笨拙，并且已经拍不出好照片了。虽然还会有人付我高昂的拍摄费用，可我却有了一种不配拿这些钱的溃败和自责。人的自责是无用的，是裹不了腹的。所以，我一边为此羞愧，一边寻找缓解的办法。例如说，我会看很多超级英雄电影，去崇拜英雄；或者，我会试着将这些失败和笨拙的生活诉之于笔端，希望文字替我表达这难以言说的愧歉，也希望等我的孩子长大后，可以从这些文字中看到，一个年轻的生命曾笨拙地寻找着精神出路和生活的真相。要是我兜里的钱快花没了，我就去快餐店做送餐员。老实说，我很喜欢这份工作，因为从拿到食物开始，这座城市中就有了我的位置，我也有了自己的价值。可无论我写什么，怎么写，都难逃失败，难逃那言不及义的巨大失败。

不过，在这里，我开始看书了。哲学、散文、小说、社科书，我都会看一看，没有特意偏好哪一类，唯独有一点——我不看爱情故事，特别是那些爱得天崩地裂、你死我活的爱情故事。我对它们拒绝，不是因为它们会刺激到我，而是因为我不再追寻这样的爱。

我要学着像天上的鸟，树上的花那样，因为自然而来，因为自然而开。

很快，我就在环铁边等来了新朋友。

有一天，住在空地西头几百米外的老太给我送来了一些辣椒苗，她说自家种不下了，让我种一些。我摆手拒绝，告诉老太“我不会养”。

老太生气了：“谁让你养了？它自己会长大的！”她就这样大

吼着，把那撮辣椒小苗放在了我的门口。

赶在小苗被春天的大风吹枯前，我把它们的根埋进了土里。果不其然，夏天的时候，它们就自己结出红彤彤的辣椒了。

后来老太有事没事就会来我这儿坐会儿，她常穿着一件宽松的碎花短袖，手拿一把蒲扇，有时候会提上一大壶茶，有时候会用小碗端来一点儿自家刚烧好的鸭肉或鱼肉。一来二去，我们熟络了之后，老太就对我产生了好奇。她问我叫什么名字，我想了想告诉她，我叫正北。

我向她解释道，我的父母，他们希望自己的女儿能在迷雾笼罩的未来中，不害怕，不迷失，永远永远，都要有自己的北。

当然，老太并不是真的关心我叫什么名字。一个人的名字对她来说，也只是一个符号而已。她更想知道的，是我为什么不上班。她想知道我为什么不处一个对象，想知道我年纪轻轻，怎么就住在了这里，而不是更热闹便利的城市中心。

我不知道该怎么回答老太，就告诉她，我生病了，在这里养病。

老太恍然大悟，不再多问。

自那以后，她就会给我端来更多的肉。有时候，她每天会端来两顿饭，就连自家吃西瓜，也不忘给我切来两块。我这屋子冬天没暖气，就去她家坐上一天——说是家，实际上也只是塑料搭建的窝棚。窝棚内烧着炉子，倒是不觉得冷，围着火炉闲聊，一起做点儿什么吃的，就这样过上一天。总之，我和我的新朋友要好极了。

平淡的时光似乎走得更快，2016 年 5 月，一个叫周大春的男孩给我发来信息。他说自己想开一家动物园，问我想不想加入，做点儿什么，或者帮帮忙。

周大春，是我在那次旅行中认识的，就在波兰。

那时我原本打算路过华沙直奔柏林，但遇见了他，就在华沙多留了两天。

我对他印象深刻，除了他为人大方外，还因为他的身上文着很多有趣的文身——叮当猫、白雪公主、绿色小怪物、恐龙、他爷爷名字的拼音缩写……还有一些我忘了，大致都是一些与动漫相关的形象。并且，即便我们是在旅途中结识的，他也不像那些热情过头的人，对我不停追问，或者把一趟长途旅行当作多么了不起的冒险。离开波兰去往柏林那天，他送我到维斯瓦河的桥上，桥头一侧正是华沙动物园。在扑鼻而来的河水腥味和动物体味中，他突然问我为什么要拍照片。

“有很多话想说，但无处可说吧。”我说，也不知道那时候我说的是不是真话。

他听罢，鼻腔里传来了一声笑。

“这样很好，”他说，“做一件事，只说几句话，这样很好。不必承受达不到期望的挫败和折磨。”

是吗？可我怎么觉得哪怕只说一句话都会承受巨大的失败呢？当然，我只是在心里这么想。

“有时候觉得做狗挺好的，它吃屎，但要是翻到一根骨头，就会很开心。”我说。

他哈哈大笑。

“你知道你在说什么吗？”

我摇头：“不知道。”

“我也是。”

“那我们有机会再见的话……”

“再谈。”

“对。”

人生再见也没有想象中那么难。三年过去，因为他要开一家动物园，我们再次有了联系。

“我一无是处。”我是这么回复他的。毕竟，迄今为止，除了拍点儿照片还算个本事外，我都不知道自己能做什么，更何况我现在连照片都拍得一塌糊涂。

“我知道。”他说，“你来吧。”

“好。”我不再推辞。

第二天，我把小屋的钥匙交给老太，让她帮忙照看我们地里的菜：芋头、香葱、番茄、辣椒。这两年，作为年轻人，我对社会毫无用处，倒是在照顾这些菜上成了行家，它们长得极好，看着喜人。老太应得干脆，让我安心离开。我们之间就是这样，没什么需要交代的，也没什么放心不下的，有需要，招呼一声，就是自己的事了。

我只背了一个包就去南方找周大春了。

再见到他时，我笑话他比三年前胖了很多，他同样毫不客气地奚落我也是个愚笨的胖子。

周大春的生活和我有些不一样，他儿子刚满一岁，他给儿子取了一个很滑稽的名字——周大金。我问他为什么要给孩子取这样一个滑稽的名字，他大感不解，因为他觉得，人的名字不就是一个符号吗？为什么总有一些自恋者，要用名字承担生命高贵的使命呢？

也许他说的对，稚子大金的皮肤在阳光下透着光，血管和骨肉都清晰可见，像肥沃土壤里盘根的树，每一次延展，每一口呼吸都充满了可能性。

两个半月后，大春的“动物园”餐厅开业了，运营得不错，后续工作妥当顺利，但我们谁也没有显露过一丝成功的窃喜。不过周大春还是包了场，请餐厅的工作人员，去对面的影院看了一部超级英雄电影。他很喜欢超级英雄，那家叫“动物园”的餐厅里，更是陈列着无数动物和超级英雄的模型。空闲时间，我问他为什么那么喜欢超级英雄，他说人人都有不凡的梦。

“只不过，人的时间有限，他们太累了，没时间做梦了。”我说。

“不是，”大春反驳道，“因为他们最终都会选择站到庞大的队伍中，毕竟那样看起来更容易赢。”那一刻，我把大春看作了庞磊森、陆远、母亲、小四、金石，甚至还从他身上看到了我自己。

我原本还想在“动物园”多待一些时间，却接到了一份去非洲拍摄的工作。离开那天，周大春送我去机场。下车时，他突然又问我为什么从不奇怪，他开的不是真正的动物园，而是一家餐厅。难道不觉得他把我骗了吗？

“再见再谈？”我关上车门时说。

他挑起眉毛，点点头。

我笑着挥挥手：“快走吧。”

经营“动物园”餐厅和去非洲拍摄动物这两件事，为我带来了不错的收益。至少很长一段时间里，我再也不用担心交不起小屋子的房租了。

此时已是 10 月深秋，离开时，环铁内白桦林哗哗的响动声像人心里那条激流勇进的大河的涛声。可现在，只是几个月不见，眼前的环铁，就已是截然不同的另一番样貌了。

茂盛的草消失了，陈旧的红砖平房暴露了出来，有的墙面被推毁了一半，砖头半吊着，废墟里一片死寂。我想先去老太的住所，可怎么也没有找到那间窝棚。很奇怪，它曾经就在这个位置，而现在，平地上的废墟残留着些许生活的痕迹。

我放弃了寻找老太，又去寻觅我那间小屋。它还在那里，不过门前的蔬菜全都死了。土壤干裂，像蜘蛛网一般。离开时茂盛青葱的植物，也只剩下蜡黄的根茎了。我伸手一捏，叶片和枝干就成了粉末，成了灰。

我明白过来——城市规划的轰隆声已经延伸到这里了。

我打开小屋的门，灰尘四起，满目死寂。

也许，在这一刻，我有过失落，对我消失的朋友老太、枯萎的植物，以及，一扇即将关闭的少年之门。

但我没有时间悲伤，更没有时间失落。

因为，人的迁徙，或者逃亡，又要开始了。

后　记

野马泉

如今这个时代，人们享受夸赞，也喜欢极具意淫式快感的谎言。层层伪装下，人成了空有皮囊的躯壳，而那看似灵活圆滑的模样，也不过是在掩饰匮乏，他们的灵魂已停在荒蛮之地，再也没有成长。

就像我。从外表上看，我的身体壮硕有力，脸庞和五官也算坚毅，还曾骑着一辆摩托车独自远行过。总之，表面看来我极符合人们对那种直面困境、什么都不怕之人的想象。但人们看到的，只是我的一副躯壳，这躯壳之下装着的，却是另一个人——

一个灵魂荒蛮无趣、自私矮小的丑陋者。

一个试图在广阔世界中保持孑然一身的姿态，用人们的赞扬声，来掩饰自己一文不名的真相的，胆小鬼。

在评价自己时，我可不是一直都像现在这样苛刻。

在此之前，我很骄傲，自己踏上了一场少有先行者的公路之旅，找到了自己在这个世界上的价值和位置。但现在，我为此感到羞愧。

我忘了，人的祖先来自荒野，而建筑、城市、科技这些现代产物，不过是愚笨肉体的享乐。

我说这些，是因为我已经傲慢到开始批评文明，敌视人类进步了吗？

当然不是。

时代供人“穿戴”和“装点”的事物越多，人就越容易被揭不下来的无用累赘绑架，像那种麻药打多了的人，他的身体会产生抗药性，原本的清醒和敏锐也消失了。

这就是我在写《大风向野》时的偏见，但这并不是我对世界的偏见，而是我对自己的偏见。我不知道这样的偏见是否源于人类特有的自恋和无用，但生活，在继续，我们都还在用自己的方式活着，前行着。

和妹妹冷战那天，我赌气搬来一个脚手架，用铁丝和麻线在小院上方编织成网。没想到，这孩子气的举动，竟然给今年夏天带来了惊喜。

2018 年 6 月，初夏，经过两年的生长，紫藤、葡萄藤和蔷薇，爬满了网架。

这是我离开环铁，开始新生活的第二个年头了。

我还在拍照片，也尝试拍过一些纪实性作品，但都以失败告终。归根结底，仍然是因为我无法接受生活平凡，无望，终将步入消亡的真相。也许，我永远都不会被它驯服。

而后，我把镜头对准生活细节，当我从那些微观细致的平凡中找到斑斓后，才产生了新的快乐。巨大的快乐。

这让我想起蒂姆·波顿的电影《大鱼》开篇：“他说故事，因为他不接受平凡。”

我想，这就是我吧。

在过往中，我对自己的诸多粉饰，并不单单源于内心的自卑、匮乏，也源于我对不凡生命的幻想。只不过，我用的是撒谎这样劣拙的行为。可生活中，处处都是谎言，区别只在于，有的人用幻想造出了好看的房子，有人用它却磨出了锋利的刀子。

我不知道我属于哪一类，但这五年来，我没有恋爱、没有灵修、没有努力让自己收获更多的名誉和财富。从床上醒来时，经常会产生还在柏林西郊那张长椅上的错觉，就好像我的身体虽已长成了二十八岁的女人，但灵魂却留在了二十三岁生日前睡过的那张绿色长椅上。和那时一样，现在的我可能还是一个灵魂荒蛮无知的少年。

总之，我看起来在长大，但灵魂总追不上时间的前行，一个身体里有两种不对等的能量出现。就好像我的身体里有一位知晓一切的审视者。

现在，二十八岁的今天，我身边有了几位亲近，但又不必刻意亲近的朋友。倒不是说我失去了与人深交的能力，而是因为，比起亲密，我更欣赏距离。我在想啊，这人和人之间若是没有距离的话，就容易步入珍贵的事物裂变消亡、难以挽回的悲剧中。我的意思是，人没有他们想象中那么纯真，也没有他们想象中那么伟大，他们只是不想停止追逐，而不愿停下来享受无间的亲密。更何况，每一个生命都是绝对独立的，根本就没有真正的亲密一说。

由此，我在 2017 年初整合出版了第一本摄影图册，名叫《私人距离》，灵感来自美国人类学家爱德华·霍尔的人际交往距离划分理论。他认为，45~120 厘米是人与人交往的安全距离。但这能用数字衡量的距离，只不过是皮囊和皮囊间的刻度。真正的距离，是看不到且无法衡量的。它藏在皮囊之下，藏在血液和骨髓中，藏在人们的真心里。

基于这样的认识，我在那本图册中摒弃了一切具有“目的性”的照片，试图让没有旁白的“生活细碎”去自行表达。我无法判断它是不是成功了，但我会接受它的失败。

毕竟，在表达时，人永远都是匮乏的，都难逃词不达意的失败。

可失败无法真正摧毁一个人。

人的行为像一个怪圈，即便在一条没有尽头的轨道上，即便永远都要面临失败，但他们，不会停下来。

由此，我开始写《大风向野》，也在真正意义上，第一次审视自己二十八岁之前的时光，包括那段漫长的路途。但我总是提醒自己，千万不要试图借用文字，去讲述一个自私、虚伪、贫穷的女孩，在几年的时间里，在公路、荒野、城市中，经历了亲情、友情和爱情后，就得到了智慧的指引，成了一个善良的、没有私欲的好人；或者几经粉饰，让一个年轻女孩以骄傲的姿态面对过往，并将她的经历撰写为带着迷惑性的动人故事。

对文字挖空心思地设计，为人们描绘一种幻觉，这在小说时，是可行的。

可《大风向野》不能这么做。

若是我为《大风向野》撰写了一个既定的结局，那只能是一种肤浅的表达。这样的肤浅，极有可能会变成不可饶恕的罪行——耀武扬威的教唆，比我母亲那套“暴戾之行”，以及我奶奶对“舒服”的贪图更严重一等。我必须敬畏，并警惕自己写下的每一个字，要为表达留下可能性。

这样一来，《大风向野》就不再是我的故事了，而是每一个刚刚推开世界大门，带着野蛮冲动的少年，在与新世界打交道时，在对和错、忠诚和背叛、勇敢和怯弱间的博弈之旅，也是一种生命初始的自省。

现在，我住在一个叫野马泉的地方。

它不是地图上查得到的，那个位于阿尔泰山南部，我遇见庞磊森时所在的荒漠小村，而是北京城市边缘，一处湖泊旁的两层红砖小楼房。或者，它就像《大风向野》一样，不必要意指某一个确切的事物，而只是一位二十八岁的年轻人，她所向往的新精神，想要追逐的新乐园。

在过往的痕迹下自省，在无垠的天地中奔跑，在自由野性的本能里不忘温柔。

以及，不忘寻找那个不息的源头。

最后，我们可以说再见了。

再见。

你的朋友、同伴、女儿、情人、敌人、陌生人、说谎者

练明乔

2018 年 6 月 1 日

故事到这里本该落下帷幕了，然后场灯大亮，梦境散去，回到现实。

但请允许我们任性一次，把指针再拨回到故事刚开始的那刻。那时，明乔一身孤勇，恋人还在等待，同伴尚未出现，故乡远在他方，一切都令人期待，一切又宛在雾中。这段旅途真实地发生过，却又似梦似幻。不过，这一段路，相机是最诚实的目击者，它还原了边城、公路、哈萨克族人、“庞磊森”、“陆远”，以及那个无论在哪里，都为二十二岁的练明乔撑起一方不惧风雨之地的帐篷，那个翡翠原石般的两平方米的世界。

我们共同选择了以下41张照片，附在本书的结尾。如果你愿意，请跟随图像，再看一遍这个故事吧。

是的，我们必须反反复复地描述，因为每次描述都有新的意义。

——编者注

塔克什肯边防检查站

满洲里离境失败后，我重新整顿，辗转奔赴新疆塔克什肯，这时，才是这趟旅途真正开始的时候。

我包里装着干粮，会找漂亮的地方露营，会在小溪边洗头，还会一边前行一边唱歌。那时候，我留着长头发，戴上头盔后，长长的头发会飞，像野马骄傲的尾。

练明乔在小溪边洗头

边城
塔克什肯

“庞磊森”和边检士兵交谈

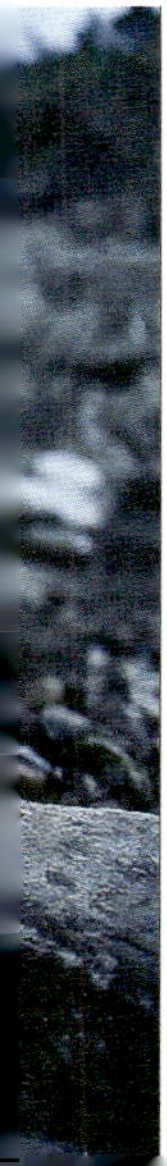

第 58 天，庞磊森出现了。

他五十五岁，四川人，从事电信工作。他骑着一辆弯把太子车向我驶来，头上戴着半面头盔。他在我的身边停下车来，朝我大喊：阿乔，是我啊，庞磊森。

我惊讶极了，我说：啊，是你啊，怎么是你啊？我以为你在前面，或者已经回去了呢。

就这样，我们结伴了。

没想到，塔克什肯成了这趟旅途中，我逗留最久的地方。好在，我很喜欢塔克什肯。用庞磊森的话说，这里“天高云阔，地盘大，人烟少，是个好地方”。这里对我们生在茂密常青，从不显露衰败的南部山岭的人来说，当然是好地方。因为，这是一个崭新的世界。还有聚居在这里的哈萨克族人，他们有羊一样的眼睛，纯净又悲悯，他们生活俭朴，有着和南部山岭居民全然不同的生活习惯。对我和庞磊森来说，他们就像二十年前，出现在山岭的外国人一样。当然，哈萨克族人可能也是这么想的——一对从绿意的温柔中出走，骑着摩托车来的“父女”，他们是另一个世界的人。

“庞磊森”拍的练明乔

我和庞磊森喜欢骑车绕着山，一圈一圈地跑。他帮我拍了很多照片，照片里的我像个战士。而他也说，如果我是他女儿的话，他会为我骄傲。

我有些失落，因为我母亲的看法是——我是一个生活脱了靶的年轻人，既无法给她安稳，也不能给她体面和荣耀。

我相信她就是这么想的。

等待是漫长又无聊的

慢慢地，在边城塔克什肯的漫长等待使我变得焦虑，可庞磊森却十分平静。我有些不满，可能从这个时候开始，我就觉得他用平静孤立了我，没有和我并肩作战吧。

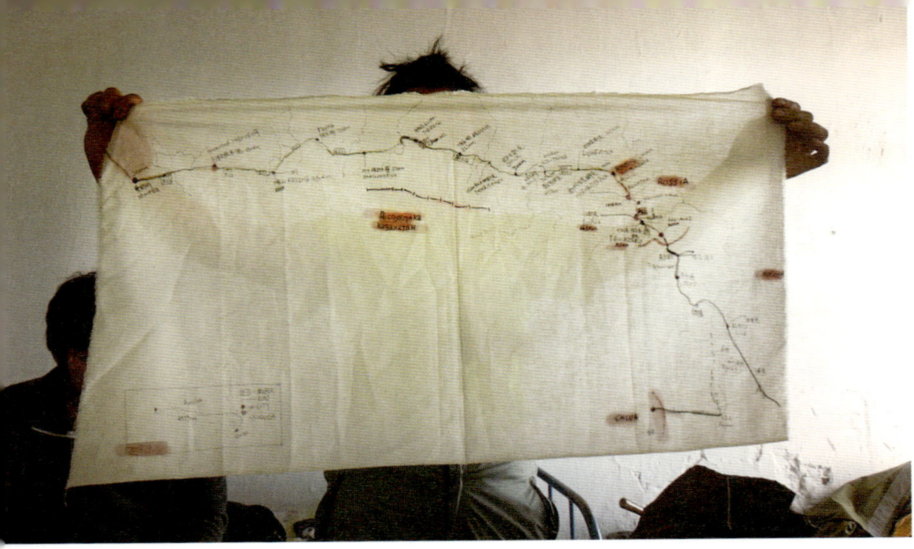

为了庆祝即将结束的等待，我们做起了准备。我负责绘制地图，他负责储备食物。看到那张地图，庞磊森笑得很憨。

他说："阿乔啊，你就像块翡翠原石，让我总有一种想打开来看一看的冲动。但我又不得不命令自己不要这么想，因为，原石的珍贵在于，人们都知道它有光，但它藏在山的深处。"

说到这里，他欲言又止。

但他还是继续说了。

"不过你要小心了，如今把山挖开已经不是什么难事了。原石面对着一场逆转命运的豪赌，它们将离开土壤，然后被摆到切割机下，一刀切开，如果肚膛里有一些绿意的话，它们就将脱胎换骨，成为昂贵却无用的翡翠。"

边城塔克什肯的最后一天，阿尔泰山南部下起了太阳雨，东边的天空上有双彩虹，很美。但自然的变化有着铁定的规律，不管怎么说，塔克什肯的秋天就要结束了，阿尔泰山凛冬将至。

很快，庞磊森将告诉我他是紫薇星人转世，我将视他为不可救药的疯子。

突然下雨，人们向旅馆奔跑

蒙古
阿尔泰雪域

过河，练明乔执意拒绝“庞磊森”的帮助

入境蒙古后，庞磊森就成了我的敌人。我拒绝与他接触，也拒绝他的帮助，即便他卷起了裤腿，在冰冷的浅滩里伸出了手，就在我的身后。

我和庞磊森的外表，已经和眼前的蒙古人没有区别了。但就像我只能局促且拘谨地与这张照片里的蒙古人对望一样，我和庞磊森之间也有了一座长在心里的阿尔泰山。

好奇的蒙古人

收留我们过夜的牧人

他身躯健硕，目光坚定，
却也荡漾着荒野似梦的忧伤，
他就是阿尔泰山下的牧人。

庞磊森说，见到这蒙古牧人，他才对蒙古长调中那难以言述的悲伤释了怀。他说，这个策马扬鞭，激情奔放的民族的悲伤，源于他们内心深处，对宰杀同伴的歉意。

现在想来，不只是了结生命才叫"宰杀"——一个人终结了另一个人的希望，剥夺了他的期冀，扼杀了他的善和纯真，都是发生在人间的杀。

很快，我也要"杀"我的同伴，庞磊森了。

就在离开阿尔泰雪域之后……

练明乔镜头里的“庞磊森”只有背影

即将驶离阿尔泰雪域，道路渐显

而这场同伴之间的“屠杀”，是不能发生在荒野中的。

因为，茫茫荒野，我需要他，就像牧人需要羊一样……

俄罗斯
鄂木斯克

练明乔在操场上放“风筝”

我是人群中迁徙的野马，是驰骋的，骄傲的，是想把纯真的梦驾着风送进云里的人啊……可我的的确确在西伯利亚一处废弃的操场上，在一夜的大风里，下过那个可怕的诅咒——

我希望庞磊森的摩托车坏掉，彻底坏掉。

鄂木斯克东郊的修车厂

世界上真的有诅咒吗？谁知道呢！

可庞磊森的车真的坏了，就在西伯利亚那个操场上，就在我施下那个诅咒之后。

并且，我无法阻止自己继续诅咒他。

他的发动机毁坏，但只要愿意等待就可以解决。我却选择了更符合自己利益的做法，我不要等待，我要抛下他。我用最冰冷的声音向他宣布——“车坏了，修不了”。

摩托车机械内膛

庞磊森离开了。

可我回不到孑然一身的自在，和像野马般驰骋的骄傲中了。

他离开后，那些和他相识结伴，陌路同行的记忆，时时刻刻都在我的眼前，成为挥之不去的梦魇。我看见野马泉那块路牌下他取下头盔的样子，我听见他用口音极重的普通话朝我大喊：阿乔，是我啊，庞磊森。

他的声音萦绕，就像是他被我屠杀后，魂魄安在了我的肩膀上，甚至，它时时刻刻都试图要入侵我的身体，要让我成为他的一分子！

我见到并肩同行的人，就会想起我们在边城塔克什肯漫步的日子；看见少年骑着自行车追逐父亲的样子，就会浮现出他骑着摩托车在我身后的画面……

我相信了诅咒。

也相信了，一个下过诅咒的人，必然要付出更大的代价。

站在芬兰与俄罗斯边界线，我有些慌。我觉得，我可能真的再也见不到庞磊森了。我把摩托车停在俄罗斯陆境口岸，提着头盔和行李，沿着公路走着。一位跛脚的俄罗斯老猎人注意到了我。

他拉着我，问我是不是遇到了什么解决不了的难题。

我告诉他，我一个人前行，没有同伴。

“我抛弃了我的同伴。”

因为他是素未谋面的陌生人，而我马上就要离开俄罗斯了，我才决定把这些告诉他。

他很惊讶。

“你的同伴？不是那辆摩托车吗？它就在那里啊。”

纷飞的落叶，像从天而降的金

德国
柏林西郊

大风是练明乔的旅伴

我在柏林以西大约 40 公里处遇见了一对分别来自中德两国的夫妇，那天恰好是我二十三岁的生日。

女人窗上大大的“忍”字

男人是一位汽车修理师，摩托车、摄影爱好者，德国人。女人从广州来，唯一带来德国的，是一条叫作 Lucky（幸运）的小白狗。他们房间的窗户上，写着一个红色大字——忍。我问女人，男人知道那是什么意思吗？女人说：他不知道，因为我和他说不同的语言。

我被逗笑了。我说，不久前我看过一本小说，故事里讲到，那些炼金术士之所以能够点石成金，正是因为他们和石头说同一种语言。

女人为练明乔缝补裤子

女人操作缝纫机，为我缝补裤子的样子，让我想起了我的母亲——那个在一场“公尺布”西裤的“战争”中，赢得了胜利的小裁缝。

德国 科隆

陆远，三十一岁，四川人，长期生活在德国，职业未知，我不关心他是做什么的，或者他到底是谁。

他更为重要的身份是——与我有着年轻约定的男孩。

“陆远”的背影

夜幕下的帐篷，像一颗“翡翠原石”

向意大利行驶的 10 天中，我们在同一个帐篷里，在不同的地方睡觉。

但我们的话，越来越少。

就好像，我奔赴万里，跨越了海和陆地的距离后，又亲自建筑了一座高山，就在我们之间。

练明乔与“陆远”

“科隆之约”到底是不是一个约定？

我从来没有问过陆远。或者说，我心里清楚，这本就是一场奔赴万里，偷得浮生十日，但唯有分别，才能换取记忆相知的相聚。

我为这场科隆之约拍的最后一张照片中，还是那个帐篷，那辆摩托车。我知道帐篷里面睡着我想要接纳，想要爱的人。我当然想要留住他，凝视着他，可我不应该这么做，所以，我只能把他暂时栖息的帐篷，以及这片破晓的海滩留下来。

我真是一个，可怜人。

清晨的营地

意大利
港城安科纳

练明乔从轮船上醒来，透过窗户看到的背影

驶往伊古迈尼察的轮船在海上的雷雨中鸣笛。

就像丛林深处的象，它扬起鼻子高声呼唤，声音化作符号，引领身后的孩子，回到它的身边。

下船后，我竟然看到路牌上写着“罗多彼山”。

猛然想起庞磊森曾说，有一位东方人，他会穿越沙漠，跨越海洋，翻越罗多彼山，来到文明的中心。看到罗多彼山的第一眼，他就推翻了一切，步入了新世界。

坐上摩托车，盖上头盔前，我闻见了熟悉的气味：一种河水与水草混合的腥味，地道的，来自温柔绿意的气味。

这一刻，我觉得自己成了——庞磊森。

大河山岭

真没想到，陆远在明乔河边开的一句玩笑，成了真。

“30000 公里了，地球一圈也就 40000 公里，再有 10000 公里，你就回家了。”他说。

摩托车停在伊斯坦布尔时走了 30000 余公里，伊斯坦布尔到大河山岭的回程距离，大约就是剩下的 10000 公里。

你看，有的事看起来像极了巧合，但我们为什么更愿意去相信巧合，而不是相信命运呢？

练明乔的摩托车表盘，显示她已行驶 30747 公里

大河山岭剪影

我是大河山岭的孩子，我在丰盛的绿意中长大，在大河滔滔，缓缓东流的伴奏中，听风吹枝叶，竹林发出银河下凡般的声音。

这些都是命运的符号，牵引着一群人生命的根，运送着源源不断的养分，困境和出走都只是大风中，飘浮无形的尘。

风吹不动生根的树，很快你就会回家了。

在大河山岭，在我熟悉的味道中，我看见了我的父亲，就在人群后边的公路上。

他趴在新车的窗口，眼睛里，有藏不住的喜悦和欢庆。

他看到了我，大喊我的名字。

准确捕捉亲人的声音，真是人类的本能啊。从这一刻开始，我的目光变了。

而我率先应该做的，就是亲吻自己的父亲。

我很快乐，即便我是第一次这么做。

练明乔亲吻父亲

奶奶

我的奶奶，她八十岁了。生命的路即将到达终点，可她的脸上却没有时间的痕迹。我是说，即便她经历过战争、饥荒、贫穷，是时代巨变的“活化石”，可她的笑容，依然像个少女。那些时间的裂痕，从未真正进入过她的身体。

这也许不是生命的荣耀，却是生命力量的体现。

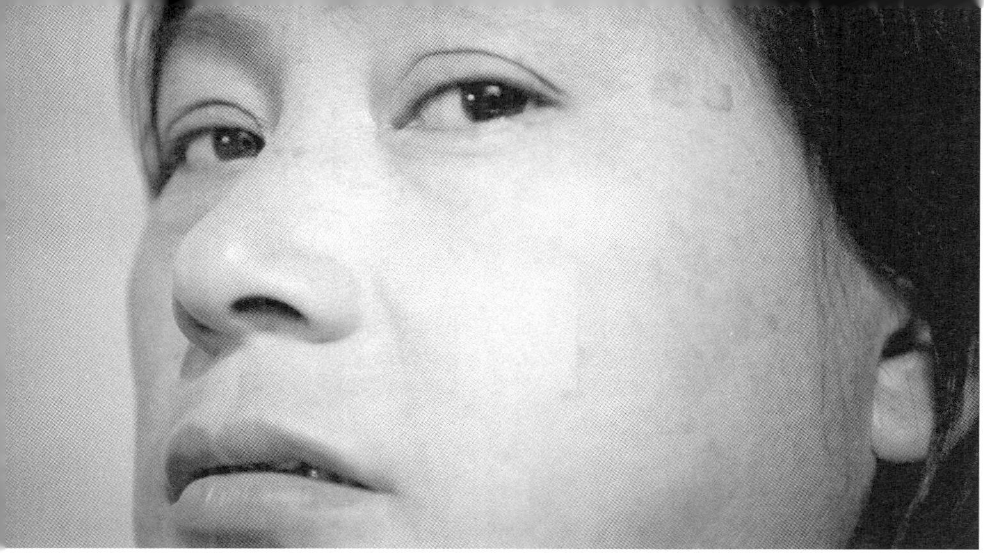

母亲

母亲年轻时的样子，引发了我最初对成年女人世界的向往。我渴望成为母亲那样的人，雷厉风行硬骨头，有漂亮的皮相，还有不妥协的力量。

你将会在某一个黎明清醒起身，在大风中迈出家门，每一次踉跄前行，都伴有群山回唱，有照常升起的太阳。

而现在，就让这个故事结束在这里吧。

希望，我们会再见。

再见。